2037-2062
p7

COLLECTION SÉRIE NOIRE
Créée par Marcel Duhamel

Parutions du mois

2384. J'AI CONNU FERNANDO MOSQUITO
(RIQUE QUEIJÃO)

2385. M'SIEUR
(ALAIN GAGNOL)

2386. PIQUÉ SUR LA ROUGE
(GREGORIO MANZUR)

2387. COMME VOUS ET MOI
(SEYMOUR SHUBIN)

DON TRACY

*Tous
des vendus !*

TRADUIT DE L'AMÉRICAN PAR
MARCEL DUHAMEL
ET PATRICE DALLY

nrf

GALLIMARD

Titre original :

CRISS CROSS

© Don Tracy.
© Éditions Gallimard, 1948, pour la traduction française.

CHAPITRE PREMIER

I

AGENCE LAIRD
Location de voitures blindées

Fiche de Renseignements

Nom : Johnny Thompson (Benjamin S. Neischtadt).
Employé depuis le 6 juillet 1932 Pat Paterson.

Âge : 23	Marié ou célibataire : C.
Taille : 1 m 79	Poids : 71 kgs.
Cheveux : bruns.	Yeux : bruns.

Signes particuliers : Nez cassé. Cicatrice sur la joue gauche. Articulation brisée au troisième doigt de la main droite.
Activité professionnelle antérieure : Néant.
Références : Excellentes.
Aspect général : Passable.
Éducation : École primaire et École Professionnelle de Baltimore
Contrat : National 6-10-32.
Observations : Neischtadt a boxé autrefois sous le nom de « Johnny Thompson ». A obtenu son contrat sous ce nom. Est généralement connu sous ce nom.

    Signé : Henry T. Peterson
    Contre-Signé : Philip T. Wylie. 6-10-32.

I I

Il faisait une chaleur étouffante et à l'intérieur du fourgon, c'était intenable. Il y avait un petit ventilateur à l'avant, mais on avait plutôt l'impression qu'il puisait l'air chaud du moteur pour le souffler dans la voiture.

La sueur me dégoulinait sur la figure. Ma chemise et mon col étaient trempés et le tissu me collait aux épaules. À chaque secousse de la voiture j'étais chassé du petit strapontin auquel j'essayais de me cramponner.

En face de moi, Old Mac s'agrippait à son siège et engueulait Bailey, le conducteur. Le bruit du moteur couvrait sa voix, la plupart du temps, mais chaque fois que la voiture stoppait devant les signaux lumineux, je l'entendais jurer comme un possédé. Il était gras et la chaleur l'incommodait plus que moi. Je le plaignais vaguement.

Sous chacun de mes pieds, je m'efforçais de maintenir une boîte en carton qui avait contenu des enveloppes. Il y en avait quatre sur le plancher du camion, entre Old Mac et moi, et à nous deux on les empêchait de se débiner dans tous les sens en appuyant dessus de toutes nos forces. Les boîtes étaient pleines de fric. Il y en avait pour à peu près quarante-six mille jetons [1].

1. Jeton : dollar.

S'il n'avait pas fait si chaud et si je n'avais pas été aussi à cran, j'aurais peut-être trouvé ça drôle. Dire que j'étais là avec un dollar soixante-cinq dans ma poche en train d'en tenir quarante-six mille avec mes pieds. Maintenant que j'y repense, ça me paraît marrant, mais à ce moment-là, ces quarante-six mille dollars ne signifiaient pour moi qu'un voyage interminable jusqu'aux filatures de Sparrows Point, le jour le plus chaud de l'année.

Mon colt de police ballottait à chaque cahot. Il me hachait la peau sous ma chemise mouillée. J'avais l'impression que la bretelle me traversait l'épaule droite jusqu'à l'os. J'aurais voulu retirer l'étui que je portais sous l'aisselle, mais Mac était service-service et il aurait bien été capable de me signaler pour ne pas avoir gardé mon arme en permanence.

J'avais de plus en plus chaud ; Bailey s'amusait à viser exprès tous les nids de poule de la route défoncée et je commençais à souhaiter qu'Old Mac ou n'importe qui me saque une bonne fois pour me forcer à laisser tomber cette saloperie de boulot. Rester assis toute la journée dans une boîte d'acier hermétiquement close à être ballotté dans tous les sens, ce n'est pas drôle par les grosses chaleurs. Et tout ça pour palper trente-huit dollars et demi par semaine.

Si les choses n'étaient pas devenues aussi risquées en matière de boxe, jamais je n'aurais été me nicher sur ce perchoir à serins dans un fourgon blindé pour trente-huit dollars et demi. Il y avait eu un temps où ce genre de pognon, pour moi, c'était de la petite monnaie, mais ça c'était avant que la boxe en ait pris un sérieux coup, dans ce patelin. Deux ou trois organisateurs avaient cru malin de programmer six ou sept rencontres au chiqué l'une après l'autre, et après ça, plus personne n'avait voulu se déranger pour voir un vrai combat. Ensuite, le catch avait pris et la foule s'était ruée au Parc Carlin pour voir Londos, Marvin et Browning faire leur numéro. Croyant que la boxe allait sûrement reprendre du poil de la bête, je m'étais accroché et je l'avais sautée pendant un bout de temps avant de trouver du travail à l'Agence Laird, Location de Voitures Blindées.

Bailey sortit de la ville et commença à faire marcher sa sirène en même temps qu'il appuyait à fond sur le champignon. Nous avions un « International » et en prise, il fonçait. Bailey était un ancien conducteur d'ambulance et se figurait toujours l'être. Du cent à l'heure, c'est peut-être très bien dans une ambulance avec amortisseurs et tout ce qui s'ensuit, mais pour se maintenir à cette vitesse-là de façon à ne pas aller valdinguer contre le toit à chaque cahot, dans une boîte d'acier surchauffée qui joue au golf avec les trous d'une route défoncée, faut salement se bagarrer, moi je vous le dis. Je me cramponnais comme un malheureux et Old Mac s'époumonait à brailler que Bailey était un sale enfant de putain.

Arrivés à la filature, Bailey vint par-derrière nous ouvrir. Pas question de sortir avant qu'il nous ait ouvert. Encore un des petits agréments de ce métier. Parfois, j'en avais des frissons dans le dos de me sentir bouclé dans cette boîte hermétique.

Je sautai à terre et Old Mac me suivit. Je claquai la

porte derrière lui et Bailey resta devant à la garder pendant que Mac et moi allions au bureau du payeur voir s'il était prêt à recevoir le pognon. Ma chemise bleue et mon pantalon kaki collaient à ma peau et la coiffe de ma casquette de marchand de gaufres était toute grasse de sueur.

Le payeur était prêt, alors Mac et moi nous retournâmes à la voiture : Bailey alla se poster à la porte du bâtiment, le dos au mur et la main sur son revolver. Old Mac lui fit pendant. Bailey me donna les clés et j'ouvris la porte arrière du fourgon. J'en tirai une des boîtes, claquai la porte derrière moi et pénétrai dans le bâtiment avec l'argent. Il fallut quatre voyages pour tout rentrer. Après le dernier, Mac et Bailey me suivirent à l'intérieur et montèrent la garde auprès du payeur pendant qu'il distribuait les enveloppes aux péquenots alignés.

Tout ça nous prit une heure environ. Puis le temps de vérifier si le compte y était, de nous délivrer nos reçus, et nous repartîmes.

Je tirai à pile ou face avec Old Mac pour savoir qui s'assoirait sur la banquette avant avec Bailey en revenant. Il gagna. Il gagnait toujours. J'essayai de me rattraper en deux manches et une belle, puis je remontai dans l'étuve où je m'amarrai solidement pendant que Bailey reprenait à fond de train le chemin de la ville.

J'aurais bien aimé avoir un peu de fric. Avec quelques dollars j'aurais peut-être pu emmener Anna au cinéma, ou danser à Bay Shore. Mais on n'était que mardi et il ne fallait pas compter sur mes trente-huit dollars et demi avant vendredi. Parlez d'un foutu métier ! Manipuler tout ce pognon et pas avoir un rond en poche.

Je débouclai mon étui et le retirai. Ça allait mieux. Je sortis le gros pétard et le soupesai. Je n'avais jamais tiré avec. En principe nous avions une séance d'entraînement tous les mois, mais en fait elle n'avait jamais lieu. Quand par hasard un inspecteur venait du siège central, Peterson, le gérant local, ramassait quelques flics dont c'était le jour de sortie et les faisait tirer sous nos noms. L'inspecteur n'y voyait que du feu et les chefs de district étaient tous dans le coup. La seule chose à laquelle Peterson devait veiller, c'était de toujours présenter les mêmes flics sous les mêmes noms.

Cet énorme revolver avait vraiment une sale gueule. Avec son museau il donnait l'impression de vouloir mordre. J'aimais le manipuler et faire semblant de viser quelqu'un. Mais en même temps je me demandais ce que je ferais réellement s'il nous arrivait un coup dur, et au fond, je n'en savais rien du tout. Ou bien je tournerais de l'œil tout de suite, ou bien je commencerais à semer du plomb à tort et à travers et je finirais probablement par esquinter un gosse ou quelque chose. Dans tous les cas, j'étais bien décidé, si on était attaqué, à prendre bien soin de ne pas écoper.

Du reste il était peu probable qu'on nous cherche des histoires. Il y avait suffisamment de grosses payes qui se baladaient par la ville dans des serviettes ou sous le bras d'une sténo pour qu'un spécialiste de la mise en l'air s'en prenne à nous.

Je me remis à penser à Anna, pendant que Bailey

faisait repasser le fourgon par les mêmes ornières qu'à l'aller. Anna était polak et, bon sang, qu'elle était belle ! Elle avait le visage large avec de grosses boucles, une grande bouche et de longues jambes. Elle ondulait paresseusement de la croupe en marchant. Les Polonaises ont parfois un visage osseux et une allure disgracieuse. Mais pas Anna. Oh non. Pas Anna Krebak.

Tout en rebondissant contre les parois du fourgon, je pensais à Anna, en souhaitant avoir un peu de pognon, en souhaitant que la boxe n'ait pas émigré dans le Sud, parce que alors j'aurais eu largement de quoi l'emmener danser ou au spectacle... n'importe quoi, pour être avec elle. Ça me travaillait dur. Je devenais enragé à l'idée que je ne pouvais pas la voir parce que j'étais sans un. Je savais qu'elle se foutait éperdument de moi, sauf pour tout le bon temps que je pouvais lui procurer. Fallait que ça me travaille drôlement pour que je la laisse me faire marcher comme le dernier des pigeons. Il m'arrivait parfois de réfléchir à tout ça et de me dire : au diable ces filles qui ne pensent qu'à vous faire les poches. Alors je me décidais à l'envoyer rebondir, mais dès que j'avais un peu d'argent je cavalais chez elle et je la sortais.

— Écoute, lui dis-je une fois, je suis fauché, mais si tu veux, je viens passer la soirée chez toi ; on restera là bien tranquillement à causer tous les deux.

Elle se mit à rigoler. Elle avait de toutes petites dents blanches, bien plantées, dans sa bouche large aux lèvres éclatantes.

— Ouais, me dit-elle, ça sera marrant. Tu regarderas l'album de famille pendant que je ferai du tricot.

Là, je me suis monté.

— C'est formidable, quand même ! C'est la première fois que je te demande une chose pareille. Ça ne te ferait pas de mal de passer une soirée à la maison avec moi.

— J'en sais rien, dit-elle en riant, mais j'ai pas envie d'essayer.

— La prochaine fois que j'aurai du fric, je sortirai avec une fille qui ne soit pas uniquement après mes sous !

— Te gêne pas, mais ne compte pas me trouver à la pharmacie du coin en train d'acheter du gardénal.

Ça, c'était une des fois où j'avais décidé de l'envoyer paître et de ne jamais repiquer au truc. Le samedi d'après, je l'emmenais au Century et ensuite dans un Chinois manger du chop-suey et comme d'habitude je me retrouvais le lundi matin sans un.

Mais quand ça lui prenait, elle était chouette, Anna. Quand elle se sentait en forme avec peut-être bien un verre dans le nez, elle se collait contre moi, tout contre, elle passait ses bras autour de moi, m'embrassait dans le cou et me mordillait la peau en marmonnant des choses. Et ça me faisait un tel effet que j'en perdais le souffle. Mes cheveux se dressaient sur ma tête et bon Dieu, j'aurais voulu l'avoir à moi tout de suite et tout le temps. J'aurais voulu l'obliger à m'aimer pour qu'elle soit toujours comme ça avec moi, que je sois fauché ou pas.

De sentir sa bouche sur mon cou et de l'entendre

ronronner je me disais qu'elle avait peut-être fini par tomber amoureuse de moi. Mais quand je m'excitais et que j'oubliais qu'elle n'aimait pas qu'on la serre de trop près, d'un seul coup elle se réfrigérait et devenait méchante et je la haïssais de se foutre de moi de cette façon.

Elle me repoussait durement en me disant :

— Non mais des fois, où as-tu pris que tu pouvais te permettre des trucs comme ça, Nez-Plat ?

Elle savait que je détestais ce surnom. À mon deuxième combat, à l'Ancienne Salle d'Armes de la Cent quatrième Rue, j'avais comme adversaire un dénommé Patelli, et le dénommé Patelli m'avait torché proprement au quatrième round et m'avait étalé le blair à travers toute la poire. Je l'avais mis K. O. au neuvième, mais ça n'avait pas arrangé mon nez. Je n'avais jamais été beau garçon, mais après ça j'étais plutôt moche. Sur le ring, quand la foule voulait m'exciter et me faire voir rouge elle m'appelait Nez-Plat. Je ne sais pas pourquoi j'y attachais tant d'importance, mais ça me rendait enragé. Et de la part d'Anna ça me blessait.

Bailey donna un brusque coup de volant et enfila la ruelle qui menait aux bureaux du Centre. Il stoppa et vint m'ouvrir. J'étais trempé comme une soupe.

— T'as loupé un cassis au coin de Curtis Bay Avenue, lui dis-je.

— Ça sera pour la prochaine fois.

— Un de ces quatre t'ouvriras cette porte et tu me trouveras par terre avec les reins cassés.

— Ce jour-là, me répondit Bailey, je paie à boire à toute l'équipe.

Nous nous rendîmes au bureau, puis je retournai au vestiaire changer mon uniforme contre des vêtements secs. Old Mac m'accompagna et commença à se plaindre que ses pieds le faisaient souffrir. C'était un ancien flic et ses arpions le mettaient à la torture. Tous les soirs pendant que nous nous changions au vestiaire, il me tenait des discours interminables à propos de ses pieds.

Une fois habillé, j'entrai dans les bureaux où Bailey racontait à Peterson l'histoire qu'il avait eue avec une fille, la nuit précédente. Il lui donnait tous les détails et cela me fit repenser à Anna. Tout en sachant que c'était inutile, je décrochai le téléphone qui se trouvait dans un coin et j'appelai son numéro. Sa mère me répondit qu'elle était sortie.

Bailey me proposa de prendre un verre avec lui et nous descendîmes chez Mueller. Nous buvions notre demi quand Slim et Mickey s'amenèrent.

— Hello, Johnny ! me dit Slim.

Je leur dis bonjour et ils vinrent s'installer près de nous au bar. Slim avait un pantalon de flanelle blanche et une veste en tweed gris. Il portait des souliers blancs, une chemise bleue et une cravate blanche. À côté de lui, je me sentais plutôt miteux, avec mes fringues fripées.

— Chaud, fit Slim.

Mickey commanda deux « Tom Collins ». C'était un garçon épais, au visage sanguin, plus petit que Slim. Tous les deux avaient été sur le ring quelques années auparavant. Mickey promettait, mais il ne s'entraînait pas sérieusement et s'était mis à engraisser. Slim était moins bon, mais il avait la réputation d'être un type dangereux dans une rixe.

— Bon Dieu, dis-je à Slim, t'as l'air rupin. Ça doit être chouette d'avoir du fric.

Il se mit à rire. Il était beau garçon. Grand et droit avec des épaules larges et des mains puissantes.

— Tu devrais être bourré, fit-il, à trimbaler tout ce pognon dans ta camionnette en fer-blanc. Il doit bien y avoir de temps en temps deux ou trois biffetons qui te collent aux doigts ?

Je ris. Je vidai mon verre et en commandai deux autres pour Bailey et moi.

— Les chevaux ont l'air de courir comme tu veux ? demandai-je.

Il s'amusait à faire tourner son Tom Collins sur le comptoir. Il regardait attentivement le verre, puis il leva les yeux sur la glace derrière le bar.

— Y en a de temps en temps qui arrivent, dit-il.

Mickey me demanda si je comptais aller voir les combats au Gayety le lendemain soir. Je lui répondis que j'irais si je pouvais me procurer une carte d'entrée. Il promit d'essayer de m'en avoir une, mais je savais que c'était de la frime.

Bailey demanda qui était à l'affiche et nous parlâmes des gars qui étaient engagés. C'étaient des gosses qui se battaient pour des haricots. Slim vida son verre et en commanda deux autres.

— Il faut que j'me grouille, dit-il à Mickey. J'ai rancard avec une fille d'ici une demi-heure.

— Tu sors, ce soir ? lui demandai-je.

Il tira son mouchoir et s'épongea le front. Il avait un gros caillou au doigt.

— Ouais, répondit-il, avec une fille que tu connais : Anna Krebak.

— Ah !

Slim regardait toujours alternativement son verre et la glace. Je ne dis rien. Après avoir terminé mon deuxième demi, je me dirigeai vers la porte en compagnie de Bailey.

Nous sortîmes, Bailey et moi, dans la rue brûlante. Le soleil était déjà bas et pourtant un nuage de chaude humidité flottait, immobile, au-dessus de la chaussée. Je restai planté devant chez Mueller, voir si mon tram n'arrivait pas.

— Y doit rien se refuser, ce gars-là ? dit Bailey.

— Ça dépend. Des fois il en a et d'autres fois il est raide comme un passe-lacet.

— De quoi vit-il ?

— Personne n'en sait rien, répondis-je ; l'hiver dernier il faisait le book et il avait monté une loterie aux numéros. Pendant la prohibition il trafiquait un peu dans l'alcool. Y en a qui prétendent qu'il faisait piquer la camelote aux clients à qui il venait de la vendre, mais personne n'a rien pu prouver.

— Qui c'est au juste ? demanda Bailey.

— Slim Parsons. C'est son ancien nom de boxeur, mais en fait, c'est un métèque avec un nom à rallonge.

Le 19, mon tram, tournait le coin de Baltimore Street, alors je dis au revoir à Bailey et gagnai le refuge-arrêt. Je pensais à Anna qui sortait avec Slim. Slim avait de l'argent et elle le traiterait probablement comme elle me traitait moi quand j'étais plein aux as, et que je la sortais ; elle l'enlacerait, l'embrasserait dans le cou et lui mordillerait la peau, en marmonnant des choses. Peut-être même lui laisserait-elle faire ce qu'elle ne m'avait jamais permis à moi. Non, elle n'irait pas jusque-là. Mais Slim était plein de pognon et il avait une grosse bague. Il savait les lâcher quand il le fallait. Peut-être le laisserait-elle faire. J'en avais mal au ventre.

Je montai dans le tram, et l'image d'Anna serrant Slim contre elle et enfouissant ses lèvres dans son cou ne me quittait pas.

« Le cochon d'enfant de putain de métèque ! »

Je n'avais pas voulu m'exprimer à haute voix mais j'avais dû le faire, parce que je vis le receveur me regarder d'un drôle d'œil. Je lui demandai un renseignement au sujet d'une correspondance que je ne prendrais jamais, uniquement pour lui faire croire que c'était ça que j'avais dit.

Je traversai la voiture pour m'installer à l'avant, vomissant Anna, vomissant Slim et me vomissant moi-même pour m'être à ce point laissé entortiller par cette Polonaise.

Man avait fait frire du boudin et préparé une salade de pommes de terre pour le dîner. Slade, mon petit frère, essaya de me raconter qu'il avait vu un flic courir après un nègre. Quand Slade s'excitait, il bégayait, et il était en train de faire un effroyable gâchis de son histoire, jusqu'à ce que je l'aie calmé.

J'avais quatre ans de plus que Slade et depuis que le vieux avait passé l'arme à gauche, c'est moi qui m'étais chargé de lui, et de Man par-dessus le marché. Slade était un gentil garçon. Son bégaiement ralentissait ses études et il se faisait mettre en boîte à cause de son parler. Mais il n'était pas bête. Il trouvait que j'étais le meilleur boxeur qui soit jamais monté sur un ring. Pour lui, Dempsey n'était qu'un bon lever de rideau.

Je faisais semblant de m'intéresser à l'histoire du gosse, mais je pensais à Anna et à Slim. Man commença à me raconter qu'une femme de notre rue s'était trouvée mal à cause de la chaleur, mais je ne l'écoutais qu'à moitié. Quand le repas fut terminé, j'ôtai ma chemise et j'allai faire un tour dans l'arrière-cour pour essayer de trouver un peu d'air frais. Il n'y en avait pas.

Slade vint me demander un demi-dollar pour aller au ciné. Je le lui donnai et il décampa. Je restai assis dans la cour en compagnie de Man, jusque vers neuf heures, à lui parler de mon boulot. Elle était contente que j'aie un emploi stable, mais elle se faisait du souci parce qu'elle avait peur que j'écope s'il nous arrivait un pépin. Elle n'avait jamais aimé me voir combattre, quel que fût le montant de la bourse et le soir où Patelli m'aplatit le nez elle pleura toute la nuit et ne voulut jamais accepter le pognon que je voulais lui donner sur ma part.

J'étais là assis, parlant à Man avec la moitié de ma cervelle et songeant à Anna et à Slim avec l'autre moitié. J'aurais voulu qu'on soit encore tous les deux boxeurs pour pouvoir le tenir sur un ring. Au premier round je l'aurais mis groggy et ensuite je l'aurais laissé traîner, le gardant debout jusqu'à la fin, de façon à lui faire le plus de mal possible. Et au dixième round je l'aurais envoyé dinguer sur les bancs de la presse.

Nous rentrâmes et je montai me coucher. Il faisait une chaleur étouffante dans la chambre et je ne mis pas mon pyjama. Je m'allongeai tout nu dans les draps, l'esprit occupé d'Anna. Je devenais cinglé en l'imaginant en train d'enlacer Slim et de se coller contre lui. Je me demandai une fois de plus si elle pourrait jamais oublier mon nez plat et tomber amoureuse de moi. Alors elle pourrait être près de moi, en ce moment, nue comme moi et ce serait… bon Dieu ! ce serait merveilleux. Je me tournai et me retournai pendant près d'une heure dans mon lit bouillant avant de m'endormir.

III

Quand je revins au bureau le lendemain après-midi, il y avait un message téléphonique pour moi. On me priait d'appeler un numéro que je ne connaissais pas. J'appelai et demandai si quelqu'un voulait parler à Johnny Thompson. Le zèbre à l'autre bout du fil me dit d'attendre une minute et peu après Slim vint répondre.

— Je peux te faire ramasser un peu de fric, si ça t'intéresse ; j'ai une affaire pour toi, ce soir, dit-il. Bernie Katstein cherche un soigneur pour un de ses poulains. Ça pourrait te rapporter une pièce de cinq dollars. Au moins deux, dans tous les cas.

Je lui répondis :

— Tu parles que ça me plaît de m'occuper du poulain de Bernie !

Il me dit d'aller au Gayety voir Katstein. Je lui demandai s'il allait faire le soigneur aussi, mais il me répondit que non, qu'il serait aux places de ring.

Quand je vis Katstein ce soir-là, il m'emmena au vestiaire et me présenta le morveux que j'allais avoir à seconder. C'était un petit Juif du nom de Schwartz. Il était du troisième combat, six rounds, contre un nommé Finazzerri, un jeune gars qu'avait pas seulement été foutu de mettre un papillon knock-out, mais qui se débrouillait pour gagner à chaque coup sur son vélocipède. Le petit Schwartz avait salement les jetons et je passai une heure à lui expliquer que le Rital était incapable de faire du mal à qui que ce soit et qu'il n'avait qu'à le laisser venir sans se biler, et même au besoin le ménager pendant deux ou trois rounds.

Katstein me promit trois dollars si Schwartz perdait et cinq s'il gagnait. Le petit Juif m'en promit dix s'il gagnait.

— Tu vas gagner, je lui dis, c'est dans le sac.

Je pensais qu'avec ces quinze dollars de rab, je pourrais sortir Anna le lendemain soir et lui faire oublier les prodigalités de Slim.

C'était de l'argent qui me tombait du ciel et je me disais que je pourrais le bouffer en une seule séance sans faire de trou dans le budget de la maison.

Vint notre tour de monter sur le ring. La salle était infecte, comme d'habitude.

Schwartz faillit s'évanouir en entendant le premier coup de gong. Je lui recommandai de se ménager au premier round et d'encaisser tout ce que Finazzerri lui enverrait.

J'espérais qu'en voyant comment l'autre frappait, il se sentirait plus sûr de lui.

Mais comme de juste, mon couillon de poulain commença à pourchasser Finazzerri aux quatre coins du ring, et le petit Rital le fit tourner en bourrique. Quand il revint dans son coin, Schwartz soufflait comme un bœuf et son gant n'avait même pas effleuré l'autre.

— Mais nom de Dieu! je lui dis, est-ce que je ne t'avais pas conseillé de le laisser venir?

Il voulait de l'eau, mais je refusai de lui en donner.

On le massa et on lui dit de prendre son temps au deuxième round.

Il se comporta mieux, se tenant peinard, attendant que l'autre vienne sur lui et le paralysant au corps à corps. Il ne se dépensait pas de trop. Juste avant le gong, je lui fis signe de lâcher sa droite. Il s'en servit mais loupa une ouverture pourtant large comme une porte cochère.

Au troisième, je lui dis de continuer à laisser venir Finazzerri et de placer sa droite de temps en temps. Il se baguenauda encore un moment, déclenchant des droites vaseuses, puis finalement il trouva sa longueur et en plaça une qui fit reculer Finazzerri de quelques pas. Schwartz me regarda et je lui dis de foncer, mais c'était trop tard.

Entre le trois et le quatre, je lui fis avaler trois lampées de whisky et je lui dis d'y aller et d'achever Finazzerri.

— Merde alors! fit-il, il est frais comme une rose. Je ne peux pas l'achever comme ça.

— Tu peux l'achever, je te dis! Fais-le venir sur toi et sonne-le d'une bonne droite.

23

Dès que Schwartz se leva pour le quatre, Finazzerri fonça comme un imbécile, avec des swings en ailes de moulin, complètement découvert.

Quelqu'un lui avait peut-être dit qu'il avait le punch.

Mon petit Juif l'attendait de pied ferme. Il alla chercher une droite au troisième sous-sol. Dès qu'il l'eut placée, je grimpai sur le bord du ring, derrière les cordes. Je savais que c'était fini. Quand l'arbitre eut compté dix, je jetai un peignoir sur les épaules de Schwartz.

— Bien joué, dis-je.

J'espérais qu'il n'avait pas oublié les dix dollars promis.

Il me demandait tout le temps :

— Je l'ai eu, hein ? Je l'ai eu, hein ?

— Ouais, tu l'as eu. Va le trouver et dis-lui quelque chose de gentil.

Je l'accompagnai dans le coin de Finazzerri. Mon poulain lui mit la main sur l'épaule et lui souhaita meilleure chance la prochaine fois. L'entraîneur du Rital lui répliqua :

— Débine, veinard !

Je lui répondis qu'il ferait mieux d'apprendre à son poulain à garder son menton à sa place. Ensuite, Schwartz et moi nous retournâmes à notre coin et j'aidai le gosse à descendre du ring en écartant les cordes. Le public lui fit une belle ovation.

— Je veux t'avoir pour tous mes combats, me dit-il. Tu me portes bonheur.

Pendant que je lui tenais les cordes, je regardais la foule et je reconnus Slim au troisième rang. Il parlait à une femme coiffée d'un immense chapeau blanc.

Comme elle penchait la tête, je ne pouvais pas voir son visage. Tout en suivant mon poulain, je continuais à la regarder, et quand elle releva enfin la tête, je vis que c'était Anna.

Elle me regarda, puis elle baissa les yeux sans rien dire. Je ne pouvais pas lui en vouloir, au fond. Je portais un vieux chandail et un froc blanc qui datait du temps des Croisades.

Je suivis Schwartz le long de l'allée centrale. Je l'avais sec, quand même. J'attendis au vestiaire qu'il ait fini de s'habiller et il me refila dix dollars. Katstein m'en donna cinq autres. Je remontai dans la salle voir les autres combats. Quand ce fut terminé, je me tins près de la porte pour attendre Anna et Slim. Je les vis s'amener dans l'allée, parlant et riant. Je leur dis :

— Bonsoir, Anna. Ça va, Slim ?

Elle me fit un petit signe de tête et regarda ailleurs. Slim me dit bonsoir et ajouta qu'il était content que mon poulain ait gagné.

— Merci de m'avoir donné l'occasion de faire un peu de pognon, lui dis-je.

J'espérais qu'ils m'inviteraient à les accompagner là où ils allaient, mais ni l'un ni l'autre ne pipa mot. Je m'arrêtai et les laissai partir devant. Quand je voulus les suivre, quelques personnes s'interposèrent entre nous et lorsque j'atteignis la sortie, ils avaient disparu. Je restai planté sur le trottoir devant le Gayety, tout déconfit. Je vis passer la grosse Auburn de Slim. Anna était assise près de lui. Tout contre lui.

Bertha s'approcha pendant que je regardais passer la voiture ; elle se planta près de moi sur le trottoir et se mit à fredonner :

— *You're gonna lose your gal* [1].

Elle avait toujours le même parfum capiteux et sa robe d'été était ouverte le plus bas possible, comme toutes ses robes. Je suppose que dans ce métier, c'est une façon de faire leur publicité.

— Soir, Bertha, je dis. Comment t'as trouvé les combats ?

— Infects, répondit-elle. Ça devient de pire en pire.

— Mais t'en rates pas un.

— C'est vrai, fit-elle. Je suis une mordue de la boxe.

Je ne répondis pas. Elle insista :

— De la boxe. Y en a qui sont mordus pour autre chose. Les femmes, par exemple.

— Je ne suis pas mordu, dis-je sans conviction. Je m'en fous éperdument...

— Tu parles ! dit Bertha.

Nous étions toujours plantés sur le trottoir. Je dis bonjour à quelques types que je connaissais. Bertha cherchait un client, mais elle ne trouva pas d'amateurs.

— Montons chez Horn, suggéra-t-elle. J'ai un dollar. Et j'ai les crocs.

— J'ai du pognon. Je te paie à dîner.

Nous suivîmes Baltimore Street en direction de chez Horn. Nous parlions boxe et de la manière dont mon poulain avait gagné malgré tout ce qu'il avait fait pour perdre. Je savais qu'elle avait quelque chose à me dire. Elle tendit la main et la posa sur mon bras. Elle devait se douter que j'en avais gros sur la patate.

---

1. T'es en train de perdre ta môme.

— Écoute Johnny, dit-elle. Ne te tracasse donc pas pour cette bonne femme. Tu vaux mille fois mieux qu'elle. Ne la laisse pas se foutre de toi.

Je retirai brusquement mon bras.

— Depuis quand tu me dis ce que j'ai à faire ?

J'étais en rogne de me savoir à ce point couillon qu'une fille à deux dollars s'en rende compte et me prenne en pitié.

— Je n'ai besoin de conseils de personne.

— Je voulais seulement t'affranchir, dit-elle. J'peux pas supporter de voir une poule comme ça te faire passer pour une bille.

— Mêle-toi de tes oignons. Quand j'aurai besoin de tes conseils, je viendrai te chercher.

Elle haussa ses maigres épaules et me tourna le dos pour s'éloigner. Je regrettais mon mouvement d'humeur, sachant qu'elle avait raison.

— Amène-toi, je lui dis. On va chez Horn casser la graine.

Au moment où nous sortions du restaurant, après avoir fait un repas de sandwiches et de café, Bertha fit une touche et s'éloigna avec le type. Je restai un moment à me battre les flancs, attendant qu'il arrive quelque chose. Finalement, fatigué d'être planté là, je rentrai à la maison.

Cette nuit-là ce fut exactement comme la nuit d'avant. Slim et Anna. Anna n'avait pas voulu me parler quand elle m'avait aperçu, et après, à la sortie, elle m'avait juste fait un petit signe de tête et s'était détournée simplement parce que j'étais pas bien habillé. Qu'est-ce que c'était que ce genre ? Elle habitait le même quartier que moi et je la connaissais du temps où elle n'était encore qu'une morveuse qui cavalait dans les rues. Et maintenant elle se donnait des airs et me snobait parce que je n'avais qu'un vieux chandail et un pantalon sale. Qu'elle aille au diable !

Je me demandai si Slim avait rendez-vous avec elle pour le lendemain soir. Sinon, c'est moi qui la sortirais. Je dépenserais avec elle ce qui me restait de mes quinze dollars.

Quand je rentrai, Man m'apprit que Slade n'était pas encore là. Je l'envoyai se coucher et je m'assis en attendant le gosse. Il rentra vers une heure du matin, complètement rond.

J'étais mauvais. Slade n'avait que dix-neuf ans et comme il ne travaillait pas, il ne pouvait pas se permettre de dépenser ce que sa cuite avait dû lui coûter. Il bégayait plus que jamais et titubait en rigolant stupidement. C'était la première fois que je le voyais noir et je n'aimais pas ça.

— T'es dans un bel état, je dis. Qu'est-ce qui t'as pris ?

— Y m'a rien p... p... p... pris, j... j... j... j'ai s... s... seulem... ment b... bu un v... v... verre ou d... d... d... deux... !

— Où t'as eu le fric ?

Il chuinta et bredouilla une réponse où je finis par démêler qu'il avait joué les sous que je lui avais donnés la veille pour aller au ciné et qu'il avait gagné quatre ou cinq dollars à la passe anglaise.

— C'est du joli ! je lui dis. Quand je pense à tout ce que Man pourrait s'acheter avec quatre ou cinq dollars... et toi tu vas les dépenser à boire du gin. Ah c'est du propre !

Il se balançait avec un air bête. Je lui demandai où il avait été boire, avec l'idée d'aller engueuler le patron du bar, mais il refusa de me le dire.

— Une vraie cloche, que tu deviens, je dis à Slade. Et voilà que tout d'un coup, il se mit en boule.

— Pourquoi tu me traites de c... c... c... cloche ? il me demanda. Je ne dép... p... p... pense pas tous m... m... m... mes sous av... avec des des des traînées... cococomme toi !

Je m'apprêtais à lui filer une tarte mais je m'arrêtai. C'était vrai, après tout. Je l'engueulais pour avoir dépensé quelques dollars au lieu de les donner à Man, et moi, j'en avais près de quinze dans ma poche et j'avais dans l'idée de les dépenser avec une fille qui ne m'adressait même pas la parole dans la rue sous prétexte que j'étais mal loqué.

Ma main s'arrêta à mi-course et je la laissai retomber. Puis je fis demi-tour et je montai à ma chambre. J'étais amoureux d'une belle garce, mon petit frère était plein et Slim, avec tout son pognon, obtenait probablement d'Anna ce qu'elle ne me donnerait jamais.

IV

Elle n'était pas prise, le lendemain soir, il faut dire. Quand je l'appelai à midi à son travail, elle me dit qu'elle voulait aller danser quelque part.

— Peut-être ferait-on mieux de remettre ça à un autre jour, dit-elle. Là où je veux aller, ça coûte cher.

— J'ai de l'argent. Il ne nous faudra pas plus de quinze dollars, je suppose ?

— On se débrouillera avec ça.

Voilà comment elle était. Elle me faisait perpétuellement sentir qu'en dehors de l'amusement que je pouvais lui procurer, elle se foutait pas mal de moi. Et j'acceptais ça et je repiquais au truc à chaque coup. Que voulez-vous, j'étais vachement pincé.

Je mis mon costume bleu et avant d'aller chez elle, j'entrai chez le teinturier le faire repasser. En me regardant dans la glace après avoir remis le complet, je me dis que j'étais pas si mal à part mon nez. La boxe ne m'avait valu qu'un nez aplati. Il y avait bien mon doigt cassé, mais ça ne se voyait pas. Il est vrai que mon nez suffisait, comme enjolivure. Ce petit Patelli m'avait foutu là une châtaigne que je me rappellerais longtemps.

Elle portait une robe de toile mauve et un chapeau de feutre de la même couleur, presque aussi grand que celui qu'elle portait la veille avec Slim à la séance de boxe. Une large ceinture blanche lui ceignait la taille et ses chaussures de daim étaient mauves et blanches. Elle était épatante. Sous sa robe, elle n'avait presque rien et quand elle franchit la porte devant moi, je vis ses jambes à contre-jour. Des longues jambes droites, sans un gramme de graisse. Je le savais. Je l'avais vue en maillot de bain.

— Où elle est, cette boîte où tu veux aller ? je lui demandai.

— Appelle un taxi. Je vais te conduire.

J'arrêtai un taxi Diamond en maraude. Anna dit au

chauffeur de nous mener aux Jardins de Naples, à l'autre bout de la ville.

Je n'y avais jamais été, mais j'en avais entendu parler. Le vin était censé y être bon et les spaghetti aussi.

Elle s'installa sur les coussins de la voiture et me demanda une cigarette. Je ne fume pas, c'est mauvais pour le souffle, mais j'avais prévu le coup et acheté un paquet. Elle déchira l'emballage et en fit jaillir une cigarette d'un petit coup d'ongle. Je lui donnai du feu et regardai sa gorge se contracter à chaque bouffée.

— Qu'est-ce que tu deviens ? demanda-t-elle.

— Pas grand-chose. Tu m'as vu à la boxe hier soir. Mon poulain a gagné.

— Je t'ai vu.

Elle tira quelques bouffées, mais se garda bien de faire allusion au fait qu'elle n'avait pas daigné me dire bonsoir quand je l'avais aperçue la première fois.

— Pourquoi ne remontes-tu pas sur le ring ? demanda-t-elle. Tu te faisais pas mal de galette dans ce métier.

La galette… La galette… La galette… Elle ne pensait qu'à ça, cette poule. Sans blague, elle était aussi folle de pognon qu'un turfiste de chevaux ou qu'un drogué de coco.

Je le savais, mais apparemment, ça ne me touchait pas. Assis à côté d'elle, je humais ce parfum qu'elle se mettait… un parfum léger, pas comme la cochonnerie avec quoi Bertha s'aspergeait. Je ne pouvais guère penser à autre chose qu'à sa cuisse qui touchait la mienne tandis qu'elle s'adossait nonchalamment contre le dossier du siège.

— La boxe, c'est foutu, dis-je. Ça ne rapporte plus.

Cent dollars, c'est une bonne bourse pour ici et une fois partagée avec le manager et les soigneurs payés, il n'en reste rien. Ça ne vaut pas le coup de perdre son temps à s'entraîner.

Elle secoua la cendre de sa cigarette sur le tapis de la voiture.

— Eh bien dans ce cas, pourquoi ne trouves-tu pas un boulot qui rapporte ? J'en connais des tas qui ont un travail assez bien payé pour leur permettre de sortir et de s'amuser une fois de temps en temps.

— Je gagne pas mal. Mais c'est parce que j'entretiens Man et Slade que je suis toujours fauché.

— Tu te conduis comme une nouille, avec ce petit morveux. Il est assez grand pour gagner sa croûte.

— Il a essayé de trouver du travail, mais en ce moment c'est dur. Personne ne veut se charger d'un gosse comme Slade. Il n'est pas assez costaud pour les gros travaux, et puis c'est pas commode pour lui de se présenter pour de l'embauche avec sa façon de parler.

— Je vois que tu as réponse à tout. C'est ça qu'il te raconte, comme boniments ?

— Exactement. Il s'est donné un mal fou pour tâcher de trouver quelque chose.

Elle tira sur sa cigarette et souffla un gros nuage de fumée contre la nuque du chauffeur. Paresseux, ça Slade l'était peut-être un peu, mais c'était vrai qu'il n'était pas solide et se décourageait au point de tout plaquer s'il sentait que ça ne gazait pas le tonnerre tout de suite. Et ça parce que tout le monde le charriait sur sa manière de parler et lui disait qu'il n'était qu'un crétin.

Le taxi tourna dans Philadelphia Road et se dirigea vers le nord. Anna jeta sa cigarette par la fenêtre.

— Slim me parlait de toi, hier au soir, dit-elle. On parlait de la façon que tu te décarcassais pour essayer de t'en sortir. Ça l'embête, tu sais.

Cette réflexion ne me plut pas du tout.

— Je m'en sors très bien, je dis. Les gens n'ont pas à s'en faire pour moi.

— Mais non, dit Anna, tu ne comprends pas ce que je veux dire. Ce n'est pas qu'il te plaignait, ni rien de ce genre. Il aurait seulement voulu pouvoir te faire profiter d'occasions de temps en temps. Il t'aime bien, tu sais, Johnny.

— Tu parles !

Elle eut l'air de prendre ça mal.

— On n'a pas idée de parler comme ça d'un type qui t'a rendu service et qui t'a fait gagner un peu d'argent de poche, hier.

— Je l'ai déjà remercié. Ça ne lui a rien coûté, il me semble. J'ai fait gagner le môme. C'est probablement Katstein qui a demandé à Slim de me prévenir ou quelque chose comme ça.

— Toi alors, tu as une façon de remercier les gens…!

Je me sentais un peu mesquin, de parler de cette façon de Slim. Après tout, c'est bien lui qui s'était arrangé pour me faire gagner les quinze dollars que je dépensais ce soir.

— Oh, mettons que je n'ai rien dit, fis-je. Ça doit être la chaleur ou autre chose. Slim est un brave type. D'accord. Je l'aime bien, Slim.

Elle se calma un peu. D'une main, elle tenait

l'accoudoir. Je regardai cette main. Elle était fine et les ongles étaient teints en rouge vif.

— J'ai parlé de ton frère à Slim, reprit Anna. Je me disais qu'il pourrait peut-être lui trouver un travail.

— Ouais, oh… Ça serait épatant s'il lui trouvait quelque chose, répondis-je.

En moi-même, je songeais que ça ne serait pas si épatant que ça, mais je tenais pas à la mettre en boule encore une fois. Je ne voulais pas voir Slade évoluer dans le milieu de Slim, au cas où Slim aurait envisagé de lui donner un boulot dans sa bande. Slade n'était qu'un gamin qui essayait de jouer les durs. Il pouvait s'imaginer que Slim était un caïd à cause de la grosse bagnole, des fringues select et du caillou qu'il portait à la main droite.

— Oui, bien sûr, je dis. Ce serait parfait !

Le taxi quitta Philadelphia Road et tourna dans une allée de gravier bordée par un treillis peint. De l'autre côté du treillis, des tables étaient disposées en plein air. Un peu plus loin, il y avait une petite maison blanche avec une large terrasse couverte. Des gens y dansaient au son d'un petit orchestre.

Je réglai le taxi et je suivis Anna dans l'établissement. Je me sentais tout fier de marcher à ses côtés. Elle était vachement belle et quand elle passait en roulant les hanches, les hommes se retournaient sur elle. Un garçon nous conduisit à une table près du treillis et je commandai une bouteille de vin.

Il n'y avait pas grand monde. Je dansai avec Anna sur la terrasse et tout en dansant, je sentais son corps onduler contre le mien. Après la danse nous retournâmes à la table et je versai à boire. Je parlai des combats de la veille et elle m'apprit que Slim avait gagné un pari de cent dollars sur le grand combat. Je lui demandai s'il avait parié sur le match Schwartz-Finazzerri.

— Il avait misé vingt dollars, répondit-elle.
— Sur mon poulain ?
— Non, sur l'autre. L'Italien.

Je me sentis tout ragaillardi, à l'idée d'avoir fait perdre vingt dollars à Slim en disant à mon petit Youdi de se servir de sa droite. Mais aussitôt après, je me mis en fureur en pensant que Slim ne donnait pas un sou des chances d'un gars du moment que j'étais de son côté.

C'est drôle, mais dès qu'il me fallait réfléchir à des choses qui avaient un rapport quelconque avec Anna, je perdais toute ma lucidité. Si Slim n'avait pas emmené Anna à la boxe et n'était pas sorti avec elle, la veille au soir, j'aurais vu tout de suite que Finazzerri devait l'emporter les doigts dans le nez et que Slim avait eu du flair. Au lieu de quoi, je me figurais que si Slim avait parié contre le petit Juif que j'avais soigné, c'était par antipathie personnelle.

Nous vidâmes la bouteille et j'en commandai une autre. Anna commençait à se sentir bien, comme toujours quand elle picole un peu. Elle riait beaucoup et en dansant, je pouvais la tenir serrée et sentir son corps ferme et souple s'abandonner dans mes bras.

Le vin ne me faisait pas beaucoup d'effet. L'alcool sec me sonne des fois, mais le vin ne me chatouille même pas.

Après une danse, nous retournâmes nous asseoir ; elle posa sa main sur la table et traça des lignes sur la nappe avec son ongle rouge. Je posai ma grosse main sur ses longs doigts.

— Anna, quand vas-tu te décider à être gentille ?
— Qu'est-ce que tu entends par gentille ?
— Tu sais bien. Quand vas-tu te décider à me traiter un peu autrement que n'importe quel type avec qui tu sors ?

Elle retira sa main, appuya sur le déclic de son poudrier et en tira une petite houpette ronde avec laquelle elle se tapota le nez en se regardant dans la glace.

— Qu'est-ce qui te prend ? demanda-t-elle. Tu trouves que je ne te traite pas bien, ce soir ?
— Bien sûr... Mais je... je suis fou de toi, Anna. Je voudrais tant que tu m'aimes plus que ça. Je serais gentil avec toi, tu sais. Je ne vais pas toujours être fauché et plus tard, on ne s'embêterait pas, je te le promets, si tu étais gentille maintenant.

Elle se carra dans son fauteuil et me dévisagea.

— Tu voudrais qu'on se mette ensemble ? C'est ça que tu veux dire ?
— Tu veux bien, Anna ? Tu ne le regretterais pas. Je te jure bien que tu ne le regretterais jamais.

Elle se mit à rire. Ce rire-là me fit le même effet que si j'avais vu l'arbitre traverser le ring pour aller lever le bras de l'adversaire. On a beau savoir qu'on a perdu tous les rounds d'un kilomètre, quand l'arbitre vous tourne le dos et va vers l'adversaire, on le sent quand même passer, le frisson dans l'échine.

— Mince alors ! dit Anna. Parlez d'une affaire ! Moi, me mettre en ménage avec Nez-Plat !

J'étais tellement furieux que la sueur en perlait à mon front.

— Sale garce ! dis-je. Je me demande pourquoi je me laisse emmerder comme ça par toi !

Elle se renversa encore plus en arrière et se mit à rire plus fort. Dans sa bouche brillante, je voyais la blancheur des dents.

— Tu ne le regretterais pas. Je te jure bien que non.
— Je me le demande aussi, mon vieux Nez-Plat, mais c'est comme ça.

J'aurais voulu me pencher à travers la table et lui coller un marron. Mais je restais là immobile, à regarder les taches de vin sur la nappe. J'aurais voulu me lever, foutre le camp, la plaquer là et la laisser rentrer chez elle comme elle aurait pu. Mais je ne me sentais pas la force de faire une chose pareille à Anna.

Quelqu'un s'amena derrière moi et se planta derrière ma chaise.

Je levai les yeux. C'était Slim, en costume de toile. Il nous souriait à Anna et à moi.

— Bonsoir Johnny, bonsoir Anna.

Je regardai Anna et je compris qu'elle savait depuis la veille que Slim viendrait aux Jardins de Naples ce soir. Slim était avec une femme que je connaissais pas, alors je me levai et il nous présenta. Elle s'appelait Smith, à ce qu'il paraissait, à moins qu'elle ne fût mariée avec un autre bonhomme.

Ils prirent place à notre table et Slim commanda du vin. Anna et la dénommée Smith parlaient à Slim. Je ne disais pas grand-chose, seulement oui ou non, quand on s'adressait à moi. Slim et son amie se levèrent pour danser.

— Viens, beau gosse, dit Anna. Secoue-toi un peu et fais-moi danser.

Je l'accompagnai sur la terrasse et on se remua un peu. Mais ça n'avait plus rien d'amusant. Je savais que c'était uniquement pour voir Slim aux Jardins de Naples qu'Anna était sortie avec moi.

De retour à la table, Slim me dit qu'il avait appris que mon petit frère cherchait du boulot.

— Ouais, dis-je. Anna me disait justement que t'aurais peut-être quelque chose pour lui.

— Ça se pourrait, dit Slim.

— Mais dans le genre régulier.

Slim était vautré sur la table, ses coudes étalés sur la nappe. Ses épaules paraissaient plus larges que jamais. Quand je dis que le boulot de Slade devrait être régulier, il me regarda par-dessous ses épais sourcils et grimaça un sourire.

— Qu'est-ce que tu crois que j'ai d'autre à offrir au gosse ? me demanda-t-il.

— Je voulais simplement être sûr, expliquai-je. C'est qu'un gosse, et il pourrait se tromper, là ou quelqu'un de plus âgé verrait de quoi il retourne.

Slim se mit à rire.

— Que diable crois-tu que je fasse, à part des trucs réguliers ? me demanda-t-il. Ça fait des années que je n'ai plus rien à voir avec les combines.

— Bien sûr, je dis, je voulais seulement que tu saches.

— Ça sera régulier, promit Slim.

Anna se mit à rire.

— Johnny le boy-scout, fit-elle.

Je ne pipai pas. Si Slim pouvait refiler à Slade un boulot du genre correct, ce serait une affaire, mais je voulais être sûr qu'il n'entraînerait pas le gosse dans un sale coup, pour ensuite le laisser encaisser tout seul. Slim était malin. J'avais dans l'idée qu'il avait peut-être besoin d'un gosse que tout le monde prendrait pour un crétin (mais qui ne le serait pas vraiment, vous comprenez) et qu'il pourrait mettre en avant en cas de coup dur.

— Envoie-le-moi demain après-midi chez Mueller, vers trois heures, dit Slim. J'aurai peut-être quelque chose pour lui.

— Je lui dirai de t'attendre dehors, dis-je. Je ne tiens pas à ce qu'il entre.

Sous le costume de toile claire, Slim haussa ses larges épaules :

— Dehors ou dedans, moi je m'en fous!

La musique recommença et je fis danser la môme Smith. Elle n'arrêta pas de me parler de Slim et de me dire que c'était un type épatant, et moi je faisais ouais, ouais, ouais... comme ça jusqu'à la fin de la danse. Après ça, j'essayai de me tirer mais Anna ne voulut rien entendre et on resta très tard. Les deux filles accaparaient Slim, chacune essayant de lui en mettre plein la vue et de lui faire croire que l'autre ne lui venait pas à la cheville.

Quand on nous apporta l'addition, Slim dit au garçon qu'il payait tout.

— Rien à faire, dis-je, j'ai la mienne.

J'aurais voulu payer le tout, mais j'avais peur de pas avoir assez de pognon. Slim agita sa main où brillait le gros caillou.

— Laisse tomber, dit-il. J'ai touché deux grosses cotes aujourd'hui. C'est ma tournée.

J'essayai de discuter, mais le garçon tendit l'addition à Slim qui lui allongea un billet de vingt et lui dit d'oublier de revenir.

Je vis les yeux d'Anna briller quand Slim sortit la coupure de vingt dollars, et j'aurais tant voulu avoir des masses de fric pour pouvoir en faire autant.

Slim nous reconduisit en ville dans son Auburn et, durant tout le trajet, Anna ne cessa de lui parler par-dessus son épaule et de se bagarrer avec la môme Smith pour placer sa salade.

Moi j'étais assis dans le coin et je me sentais minable.

CHAPITRE II

I

Quand Slade revint de son rendez-vous avec Slim le lendemain après-midi, il m'annonça qu'il avait dégotté un boulot chez Hymie Bloom, l'organisateur. Il était engagé pour distribuer les billets, faire les courses et autres bricoles. Je connaissais assez bien Hymie, et autant que je sache, il ne s'occupait pas de combines douteuses susceptibles d'attirer des ennuis à Slade. J'étais soulagé. Slade devait gagner quinze dollars par semaine, ce qui était une affaire pour un gosse qui bégayait et qui n'était ni sténo ni dactylo.

Deux ou trois jours après, je passai chez Mueller et je trouvai Slim en train de faire un poker à une table de l'arrière-salle.

— Je tenais à te remercier d'avoir trouvé du travail à mon frangin, je lui dis.

— Laisse donc ! fit-il. Ça m'a rien coûté, pas vrai ? Je l'ai fait avec plaisir.

Comme c'était mon jour de paye, je dis au barman de servir une tournée à la table de Slim. Ils commandèrent tous du whisky et trinquèrent à ma santé. Je restai un moment à les regarder jouer.

Slim ramassa un pot de cinq dollars avec une paire de neufs et se leva. Il faisait chaud et sa chemise légère lui collait à la peau. Elle était trempée de sueur, mais propre. On aurait dit que Slim n'arrivait pas à se salir. J'aurais bien parié que s'il mettait la même chemise toute une semaine il n'y aurait pas trace de saleté aux manchettes.

Il enfouit dans sa poche l'argent qu'il avait gagné et retira sa veste grise du dossier de sa chaise.

— Il faut que je m'en aille, dit-il aux types assis à la table. Je reviendrai peut-être dans la soirée.

Il passa avec moi dans la première salle et m'invita à prendre un demi. Nous nous plantâmes devant le bar, en face du panier à bretzels, et je m'attardai à contempler une photo de Johnny Dundee sur la glace derrière le comptoir.

Slim, sa veste pliée sur un bras, roulait ses manches de chemise ; il avait une cravate rouge foncé qu'un clip retenait sur la chemise. Sur le clip il y avait une boule de verre et dans le verre un portrait de chien de chasse.

— Écoute, Johnny, me dit-il, je vais te demander quelque chose. Je suis peut-être cinglé, mais j'ai l'impression que tu m'en veux à mort. J'aimerais bien savoir ce que j'ai fait qui te rende comme ça.

Du plat de ma main, j'essuyai la buée qui brouillait tout un côté de mon demi.

— Je ne t'en veux pas – je mentais –, où as-tu été chercher que je t'en voulais ?

Slim enfila les manches de sa veste grise.

— Je ne sais pas, dit-il. Mais des fois, j'ai cette impression. Je t'aime bien, mon petit. T'as peut-être oublié le jour où tu m'as rendu service. Au Coo-Coo-Club, tu te souviens ?

— C'était rien du tout.

Je savais ce qu'il voulait dire. En ce temps-là, Slim était brûlé pour un coup qu'il avait fait ; ou que les flics s'imaginaient qu'il avait fait, en tout cas. Nous étions au Coo-Coo-Club, tout en haut de la Vingt-cinquième Rue, quand deux ou trois poulets s'amenèrent par la porte de la rue pour jeter un coup d'œil dans la boîte. J'étais assis à côté de Slim à une table. Cette histoire remontait à l'époque où je m'occupais encore de boxe ; j'étais avec une petite blonde, qui s'appelait Agnès Hoffman. Slim était avec son amie aussi, mais j'ai oublié son nom.

Quand les types entrèrent, Slim les vit se planter devant la porte pour barrer la sortie et il me dit quelque chose très vite, sans remuer les lèvres. Il me dit de prendre ça, pour l'amour du ciel et de le planquer. Je baissai les yeux sur ce qu'il venait de pousser sur mes genoux et je vis que c'était un revolver. Je le collai dans ma poche de veste et me tins immobile en voyant les flics traverser la piste pour venir à notre table.

L'un d'eux était un grand gaillard avec une voix sarcastique ; il s'appelait Flynn et connaissait son métier. Il avait toujours son nom en première page depuis qu'il était sorti du rang pour être affecté au Bureau Fédéral d'Enquêtes.

— Bonsoir messieurs, dit Flynn. On ne s'embête pas, à ce que je vois.

— Non, répondit Slim. Venez prendre un verre avec nous.

Flynn s'assit sur une chaise qu'il prit à une autre table. Les deux filles étaient muettes de terreur. Elles étaient comme pétrifiées et regardaient alternativement Slim et Flynn.

Slim tendit le bras vers le pyromètre au centre de la table et craqua une allumette pour sa cigarette.

Dans ma poche, le revolver me semblait peser une tonne.

Le poulet qui s'était approché avec Flynn, retourna se poster près de la porte et nous surveilla. Slim faisait comme si Flynn avait été son meilleur ami. Il souriait sans trop grimacer et sa prétendue joie de voir le flic ne fut pas trop mal simulée.

— Slim, dit Flynn, l'inspecteur chef aurait deux mots à vous dire.

— Moi ? dit Slim, l'air de tomber des nues. Qu'est-ce qu'il me veut ?

— J'en sais rien, dit le flic, mais ce que je sais, c'est que vous avez un revolver et que si vous étiez gentil, vous me le passeriez sous la table pour ne pas gêner ces demoiselles.

Slim joua au type vexé.

— Non mais dites donc, pour qui me prenez-vous ? fit-il indigné. Je n'ai pas d'arme sur moi. Qu'est-ce que j'en ferais ?

— Allons, soyez gentil, insista Flynn.

— Je suis gentil, répondit Slim, mais j'ai pas de revolver. Vous pouvez me passer à la fouille si vous ne me croyez pas.

Flynn poussa un soupir et se leva. Slim se leva également et le flic fit courir ses mains sur Slim si vite que personne dans le cabaret ne remarqua rien d'anormal.

Il parut surpris de ne rien trouver sur Slim.

— Encore un indic qui va se trouver en chômage, s'esclaffa Slim.

Flynn me regarda et j'espérais que mon visage n'exprimait pas que je sentais le revolver peser lourdement dans la poche de ma veste. Mais je suppose qu'il n'est pas facile de lire quoi que ce soit sur une bouille inexpressive comme la mienne. Quoi qu'il en soit, il me regarda une seconde et haussa les épaules. Puis il dit à Slim de le suivre et de tâcher d'être sage. Je fis ouf quand ils quittèrent la table. Je commençais à me rendre compte que le revolver était vachement compromettant et que si on l'avait trouvé sur moi, ç'aurait été une sale blague.

Slim revint au Coo-Coo-Club une heure plus tard et je lui rendis son revolver dans les lavabos.

— C'était rien du tout, répétai-je, en m'accoudant au bar de chez Mueller, cet après-midi-là. C'est pas une affaire de planquer un revolver quelques minutes.

Slim avala une gorgée de bière et reposa son verre. Je continuai d'effacer la buée glacée sur le mien.

— Y en a qui auraient pensé autrement, me dit-il. La plupart se seraient dit qu'un service pareil leur donnait le droit de me taper durant le restant de leurs jours.

— Je n'ai pas besoin d'argent. Si je suis un jour fauché, je viendrai peut-être te demander un service.

Il posa la main sur mon épaule comme pour bien

me faire comprendre que ce qu'il allait dire était sérieux :

— Écoute, Johnny, chaque fois que je pourrai te rendre service, n'hésite pas à t'adresser à moi. Je t'aime bien, petit gars. On devrait s'entendre, nous deux.

Si seulement je pouvais lui demander de laisser Anna tranquille. Mais je savais que même s'il la laissait tomber, ça ne changerait rien à son attitude vis-à-vis de moi.

Il avait dû deviner à quoi je pensais. Il dit :

— Fais gaffe de pas te laisser démolir par une gonzesse, Johnny. Les poules, c'est pas ça qui manque.

— Qu'est-ce que les poules ont à voir là-dedans ?

Nous sortîmes ensemble de chez Mueller et je retournai au bureau. Nous avions à travailler tard ce soir-là et j'étais de service avec Mac et Bailey.

Il faillit y avoir du grabuge parce que Old Mac s'énerva. Nous devions faire une tournée de trois cinémas de la ville basse appartenant à une grosse société de distribution et prendre la recette à onze heures. Nous avions déjà fait les deux premiers, quand un pépin nous arriva au troisième.

Je sortais du bureau avec la caisse pendant que Bailey et Old Mac attendaient près du fourgon que je rentre le fric dedans ; un type d'environ vingt-cinq ans, qui avait dû s'en jeter quelques-uns, arrivait en titubant sur le trottoir au moment où je sortais du cinéma. Je marchais très vite et la boîte était lourde, si bien que j'étais en quelque sorte recroquevillé dessus. L'ivrogne me vit et eut l'air de se demander ce qui se passait. Et tout d'un coup, il se mit à brailler :

— Au voleur ! Au voleur !

Il me sauta dessus et je m'étalai sur le ciment dans un fracas terrible. La caisse heurta le trottoir avec un tintement métallique retentissant. Le saoulot me tenait à la gorge de ses deux bras et soufflait comme un phoque tout en m'injuriant. Je me retournai sur le dos et lui lâchai un coup de genou dans le ventre. J'entendis une explosion et quelque chose claqua sur le trottoir juste derrière ma tête, avec un vrombissement d'abeille.

Je hurlai :

— Tirez pas ! Tirez pas !

J'entendis une autre explosion, un autre claquement et un autre sifflement. Je réussis à me dégager du saoulot et je bondis sur mes pieds. Je me tournai vers le fourgon. Old Mac était là debout, s'apprêtant à remettre ça.

Je me précipitai sur le bras qui tenait le revolver et je l'écartai d'une poussée.

— Arrête ! je lui dis. Y a pas de mal !

Ses yeux flasques lui sortaient de la tête et il avait une frousse terrible. Bailey était figé à côté de lui, le doigt sur la détente. Le saoulot se roulait sur le troittoir et tâchait de se remettre debout. D'un bond je me saisis de la caisse et la flanquai dans le fourgon. Un sifflet à roulette retentit au coin de Franklin Street.

Le pochard se releva et je vis qu'il n'avait pas été touché. Des badauds commençaient à s'attrouper, alors je dis à Old Mac et à Bailey de décamper avant que le flic qui cavalait vers nous soit là. Bailey se réveilla, il poussa Old Mac dans la cabine du fourgon et démarra. M'approchant de l'ivrogne, je l'attrapai par le col de son veston.

— Ça va comme ça, gros malin, je lui dis. Arrête les frais.

Le flic arriva en soufflant et empoigna le pochard. Je lui dis que je ne pensais pas que le type ait voulu mal faire, mais qu'il était simplement rond.

— Qui est-ce qui a tiré ? demanda le flic. J'ai entendu des coups de feu.

— C'est le moteur du fourgon qui pétaradait. Personne ne tirait, c'est le moteur.

Une grosse bonne femme vint mettre son nez dans la discussion.

— Y a un des gardes qu'a tiré, dit-elle au flic. Il a tiré six coups.

— C'est l'émotion, madame, dis-je, personne n'a tiré.

Le flic ne savait pas quoi faire. Deux ou trois autres personnes lui déclarèrent qu'ils avaient vu un garde tirer, mais je maintins que c'était le moteur. Le pochard continuait à marmonner que c'était une attaque à main armée. Le flic finit par en avoir marre et l'embarqua.

Je le suivis et je l'aidai à faire le rapport qu'il fallait, en me disant qu'Old Mac se ferait sûrement virer si on apprenait qu'il lâchait des coups de pétard pour un oui ou pour un non. De la manière dont ça s'était passé, il était déjà drôlement verni de ne pas avoir touché le pochard, ou moi, ou quelqu'un d'autre par ricochet.

11

C'est environ une semaine après cette histoire, je crois, qu'Anna me posa un lapin. J'avais pris rancart avec elle depuis déjà deux jours, mais quand je passai la prendre chez elle, sa mère m'annonça qu'elle était sortie. Ce n'était pas la première fois qu'elle me faisait le coup, mais depuis l'apparition de Slim, ces choses-là me travaillaient dur.

— Elle n'est pas encore rentrée de son travail, me dit sa mère. Elle m'a téléphoné pour me prévenir qu'elle rentrerait tard. Je ne sais pas où elle est allée.

Je ne savais pas quoi faire de ma peau. J'avais un peu d'argent en poche, Slade ayant payé sa pension ce soir-là. J'étais content que le gosse travaille. Il allongeait sept dollars et demi par semaine pour sa pension et je lui avais dit d'en planquer un peu à la banque, mais vous savez ce que c'est, les gosses de cet âge. Il se tirait très bien d'affaire chez Bloom d'après ce qu'il me disait, mais il n'était pas très occupé. Des fois ça me tracassait. Hymie Bloom n'était pas un type à lâcher quinze dollars par semaine à un commis sans avoir de travail à lui donner. Mais peut-être payait-il ce salaire à Slade pour rendre service à Slim. Je savais que Slim et Hymie étaient comme les deux doigts de la main.

J'avais suffisamment de tracas personnels pour aller m'inquiéter de Slade. Anna et Slim se voyaient beaucoup ces derniers temps et j'avais dû la pousser dur pour qu'elle m'accorde ce rendez-vous manqué.

J'avais envie d'ouvrir le robinet du gaz. Dire que je m'étais fait une telle joie de ce rendez-vous pendant deux jours et maintenant j'étais là en plan, à me battre les flancs sans savoir où aller.

Je me dirigeai vers le carrefour de Holliday et Baltimore Street, en quête d'une occupation. J'entrai en passant à la salle d'entraînement de Frankie Paul mais il n'y avait personne, alors je sortis et je me plantai au coin de la rue, attendant de voir passer quelqu'un de connaissance.

Bertha s'amena avec un client et je lui dis bonsoir.

J'aurais pu aller voir un film, mais je me sentais trop déjeté pour trouver l'énergie d'aller à pied jusque dans le centre et comme les cinémas dans ce coin n'étaient pas climatisés, il y faisait une chaleur abominable. Je poussai jusque chez Mueller où je m'offris un demi et où je restai un moment à tenir la jambe à des types qui jouaient aux sous.

Mickey entra et me demanda si je n'avais pas vu Slim. Je lui répondis que non et là-dessus il repartit comme il était venu. Avant de sortir il me lança en se retournant :

— Si tu le vois, dis-lui de me contacter tout de suite. C'est pour quelque chose d'important.

Je pris une autre bière en essayant d'imaginer quelle était au juste la nature des relations entre Mickey et Slim. Je me demandais comment Slim gagnait vraiment son fric, à part le jeu. Il était toujours douillé et j'étais sûr qu'il y avait autre chose. Un type qui joue aux courses peut se faire de bonnes semaines, mais apparemment Slim n'avait jamais de ces coups de déveine que tous les autres connaissaient.

Je retournai me poster au coin de Holliday et Baltimore Street et je recommençai à poireauter. Au bout d'une demi-heure Bertha repassa et on bavarda un peu. Elle avait des cheveux noirs et un corps mince qui paraissait toujours engoncé, comme celui d'un boxeur qui a essayé de perdre du poids trop vite. Je lui proposai de m'accompagner en face, au Coney-Island, pour manger un hamburger.

J'aimais bien Bertha. C'était une putain. Mais elle riait tout le temps et elle semblait apprécier tout ce qu'on pouvait faire pour elle. À vrai dire, personne ne faisait grand-chose pour elle, je suppose, mais chaque fois que je lui payais à boire ou à manger ou que je lui prêtais du pognon quand elle était fauchée elle montrait tant de reconnaissance que ça me réconfortait.

Jamais je l'avais touchée. Au risque de passer pour un benêt ou pour une tante, j'avoue que je n'avais jamais fricoté avec les femmes. Je craignais d'attraper quelque chose avec une putain et mon nez aplati m'empêchait de pousser très loin les choses avec les non-professionnelles. Ce n'est pas l'envie qui me manquait de m'en envoyer une. Des fois, je me promenais dans la rue, l'été, quand les filles ne portent que le strict minimum. Je les regardais passer et j'aurais voulu être le beau gosse plein de pognon qui peut s'offrir la fille qui lui plaît au lieu du gars qui se balade avec deux dollars en poche et un nez qui s'en va de tous les côtés. Peut-être que s'il n'y avait pas eu ce nez, j'aurais été autrement avec Anna. Je l'aurais peut-être envoyée rebondir chaque fois qu'elle se foutait de moi. Je sais pas.

Juchés sur des tabourets, Bertha et moi, mangions nos hamburgers au comptoir, quand Mickey entra. Il s'approcha de nous.

— Oh, nom de Dieu ! fit-il. Vous ne pouvez pas savoir ce qui vient d'arriver !

Je lui demandai ce qui le mettait dans cet état.

— Vous allez en rester sur le cul, dit-il. Slim et Anna viennent de se ramener en ville. Ah, vous ne pouvez pas savoir !

J'avais la bouche pleine. Je continuai de mâcher en attendant la suite.

— Elle est bien bonne ! reprit-il. Elle est formidable.

J'avalai et je pris mon verre de bière. Je commençais à deviner ce que Mickey allait dire.

— Allez, accouche, dit Bertha. Qu'est-ce que c'est ?

— Je vous dis que vous allez en tomber raides, dit Mickey. Ils se sont mariés.

J'avalai la gorgée de bière. Elle me remonta dans le nez. Je reposai doucement mon verre sur le comptoir de faïence, tout doucement.

— C'est comme je vous le dis, continuait Mickey, ils se sont mariés cet après-midi. Je viens de les voir. Ils me l'ont dit. Tu te rends compte, Slim marié ? Sacré nom de Dieu !

Il y avait sur le comptoir devant moi un petit récipient de porcelaine blanche plein de serviettes en papier. Pendant que je le fixais machinalement, une mouche partie du comptoir l'escalada et entreprit d'en faire le tour.

— Moi, je vois pas du tout Slim marié, disait Mickey. Quand on me l'a raconté, quand ils me l'ont dit, j'ai failli tomber raide.

Il continua de parler. J'eus une sorte d'étourdissement qui dura quelques instants. Je descendis de mon tabouret et je traversai la salle, laissant là Mickey et Bertha. Je me dirigeai vers la porte. Le type derrière le comptoir me demanda mon addition et je lui dis que je n'en avais pas, mais que j'avais pris deux demis et deux steaks hachés. Je payai trente cents et je sortis dans la rue.

Les gens passaient, riant, discutant, pochards à jeun, vieux, jeunes, flânant, se hâtant, ou prenant leur temps, exactement comme avant que je rentre au Coney-Island avec Bertha. Je restai planté là juste devant la porte du restaurant et me pressai le front dans les mains. La sensation de vertige s'effaça. Un tram presque vide passa en martelant les rails. Au carrefour, un crieur de journaux continuait à hurler les derniers résultats des courses d'une voix monocorde, comme s'il n'avait aucun espoir de jamais vendre un journal. Il y avait un groupe de jeunes blancs-becs autour d'un lampadaire un peu plus haut dans la rue. Pendant que je les regardais, un des gosses en poussa un autre brutalement et tous s'esclaffèrent.

Mickey s'avança vers moi :

— Qu'est-ce qui ne va pas, Johnny ? dit-il. Qu'est-ce qu'il y a ?

— Ça va très bien, répondis-je.

Je fis demi-tour et commençai à descendre Baltimore Street. Je marchais vite, en balançant les bras comme si j'allais quelque part en particulier et que je sois en retard. J'entendis sonner des talons derrière moi et je sentis Bertha me glisser sa main sous le bras.

— Ne te frappe pas, dit-elle.

Je tentai de dégager mon bras, mais elle s'était bien agrippée. Elle me répétait de ne pas m'en faire. Au bout d'un moment je ralentis le pas. Je commençais à traîner des pieds. Je me sentais complètement fourbu.

— Ça va se passer dans un petit moment, me dit Bertha. Tu en viendras à bout, n'aie crainte.

Je me mis à jurer. D'habitude je jure rarement, mais là, j'arpentais Baltimore Street en proférant les pires injures, les plus ignobles grossièretés qui me venaient à l'esprit. Les gens que je croisais se retournaient sur moi. Je continuai à jurer, contre personne en particulier, contre tout.

— Vas-y, mon petit, fit Bertha. Sors-leur ce que t'as sur le cœur.

Je ne tardai pas à me trouver ridicule de jurer comme ça en l'air, alors je la bouclai. Je me demandais où j'allais, ce que j'allais bien pouvoir faire. Je ne voulais pas rentrer à la maison. Ce serait terrible d'aller me coucher maintenant, tout nu, dans mon lit bouillant. C'était déjà assez moche en temps ordinaire, quand je pensais à Anna, mais à présent j'aurais à imaginer Anna et Slim dans le même lit, nus tous les deux, dans les bras l'un de l'autre, et elle enfouissant son visage au creux de son épaule. Rien qu'à cette idée, je sentais que mon cerveau allait éclater. Je m'arrêtai court. Je me sentais perdu, comme un gosse dans un quartier inconnu.

J'étais dans le même état qu'il y avait deux ans, le jour où Bobby Pike m'avait cueilli à contre-pied au deuxième round. Je m'étais relevé avant que l'arbitre commence à compter. J'étais à sa merci et Bobby essayait de m'achever, mais je m'obstinais à revenir sur lui en essayant désespérément de me rappeler ce que j'étais censé faire. Pendant toute la durée du combat, je n'avais cessé d'avancer sur lui en me demandant ce que je pourrais bien faire pour l'empêcher de me taper dessus.

Ce soir j'étais dans le même état.

L'unique chose sur laquelle je pouvais fixer mon regard était la main de Bertha sur mon bras. Je regardai cette main, puis son visage mince, outrageusement maquillé. Je reniflai l'odeur infecte du parfum qu'elle se mettait. À son tour elle me regarda et je vis ses yeux noirs et deux lignes sombres partant du coin des paupières et descendant le long de sa mâchoire.

— Ne te frappe pas, Johnny, dit-elle.

Je secouai la tête et quand je sentis sa main me guider, je me laissai faire. L'immense fouillis de bruits et de lumières de la rue se fondait en un grondement et un éblouissement continus, comme un ring le soir d'un grand combat, avec la foule hurlante. Je laissai Bertha me conduire sur le trottoir. Peu après, nous quittâmes le trottoir pour entrer dans un vestibule et monter un étage.

Je m'assis sur le bord d'un lit affaissé. Ça sentait le savon au phénol et le parfum de la fille. Je restai immobile, contemplant mes pieds posés sur un tapis vert passé. Elle s'assit près de moi et passa son bras autour de mon épaule.

Je ne saurai jamais ce qu'elle me dit alors. J'entendais sa voix heurter mon tympan comme un son persistant et sourd. Un moment, j'aurais voulu qu'elle s'arrête de parler, mais petit à petit sa voix me fit l'effet d'une caresse sur le front. Ou peut-être me caressait-elle le front en parlant. Je ne sais pas.

Je tournai mon visage et plongeai ma tête au creux de son cou. Je fermai les yeux et frottai ma tempe contre sa nuque en écoutant sa voix. Je me sentais bien. Le poids que j'avais sur la poitrine commençait à se dissiper.

Lui posant les mains sur l'épaule, je la renversai sur le lit, si bien qu'elle se trouva allongée, les yeux levés sur moi. Je pouvais sentir ses os dans mes mains.

— Toutes les femmes sont des salopes, dis-je.

Elle me sourit. Elle ne parlait plus et sa bouche était entr'ouverte. Ses yeux étaient profonds et noirs.

— Toutes les femmes sont des menteuses et des salopes, lui répétai-je.

— Pas moi, dit-elle. Je suis une putain.

— Toi, c'est différent. Je parlais des femmes convenables.

Je me détournai sans lâcher son épaule et je crachai sur le tapis. Je ne sais pas pourquoi.

— Même toi, dis-je. Je n'ai pas de pognon. Je suppose que je ne peux pas rester ici puisque j'ai pas de pognon. Tu veux de l'argent aussi, comme les femmes convenables, pas vrai?

Ses lèvres remuèrent un peu.

— Je ne veux pas d'argent de toi, Johnny. Si je n'étais pas une traînée, je pourrais te dire que je t'aime, Johnny.

Je me mis à rire.

— M'aimer! dis-je. Elle est bonne, toi, m'aimer!

Nez-Plat n'a pas été capable de dégotter mieux que toi ! Nez-Plat le gars qui est toujours sans un ! La bouille la plus moche de la ville ! Et c'est toi que je décroche ! Elle est bien bonne, ça oui !
— Viens ici, Johnny.

On eût dit une mère appelant son gosse qui s'est fait mal en jouant à chat perché ou à autre chose. La même intonation. Je la tenais par les épaules et je la regardais.

Bertha répéta :
— Viens ici, Johnny.

Je me laissai tomber sur elle et je replongeai mon visage au creux de son cou. Elle recommença à me parler comme avant.

Je restai là, couché sur le lit d'une putain, ma tête sur son épaule, et finalement je m'endormis en écoutant sa voix.

CHAPITRE III

I

Je ne revis ni Anna ni Slim pendant un certain temps. Trois semaines au moins. Après le premier choc et la nuit que j'avais passée avec Bertha, je me remettais très bien. Je travaillais dur en saisissant les occasions de faire des heures supplémentaires. Je déposais à la banque tout l'argent que je ne dépensais pas pour la maison ou pour Man.

C'était un été effrayant. Torride, sans une goutte de pluie pendant tout un mois, et moi qui devais me traîner dans mon four d'acier le matin à huit heures pour n'en ressortir qu'à cinq heures du soir. Je maigrissais à vue d'œil et j'étais cafardeux la plupart du temps. Si j'avais eu la veine de dégotter un combat pendant cette période je me serais probablement aplati la gueule par terre au premier round.

C'est devant la salle d'entraînement de Frankie Paul que je revis Slim pour la première fois après son mariage avec Anna. J'allais m'entraîner un peu sur le sac de sable, histoire de voir s'il me restait un peu de rythme dans le corps. Slim parlait avec Mickey juste devant la porte.

J'essayai de passer sans être vu, mais Slim m'appela et je m'arrêtai. Il tendit sa large main avec le caillou sur le troisième doigt, et je la serrai.

— Comment ça va, Johnny ? Ça fait un bout de temps qu'on ne s'est vus.

— Deux ou trois semaines, dis-je.

Je savais que je devais lui sortir des bobards dans le genre félicitations. Mais ça venait difficilement. Je dis bonjour à Mickey et je restai à me balancer d'un pied sur l'autre. Finalement, je réussis à sortir :

— Je suppose que tu as droit à des félicitations.

Il sourit.

— C'est une chouette fille. Je suis verni.

— Ça tu peux le dire. Elle est... elle est...

Je laissai la phrase inachevée entre Slim et moi.

Il attendit une seconde que je la finisse, après quoi, il se mit à me parler de l'endroit qu'ils habitaient là-haut à Cathedral Street, et me dit qu'Anna et lui voudraient bien que j'aille chez eux un de ces jours manger des spaghetti. Slim avait toujours tiré vanité de la manière dont il apprêtait les spaghetti. Je répondis que j'en serais enchanté. Mickey déclara qu'il était obligé de partir et il nous laissa. Je le regardai descendre la rue, tout en cherchant un moyen de me débarrasser de Slim.

— Écoute, Johnny, fit Slim. J'avais dans l'idée que tu m'en voudrais d'avoir épousé Anna et tout ça. Je voulais t'en parler.

— Oh, elle n'était pas autre chose pour moi qu'une copine avec qui sortir. Je t'en veux pas du tout. J'espère que ça marchera, vous deux.

— Ça marchera, dit-il. Elle est épatante.

Quand il parlait d'elle il se rengorgeait, son visage s'illuminait et ses yeux étincelaient. Ça, pour l'aimer il l'aimait. Aucun doute là-dessus.

— Nous nous entendrons bien, dit-il encore. Je suis fou de cette gosse.

— Tâche que ça dure, je lui dis. Si jamais tu lui fais des entourloupettes, tu auras affaire à moi.

Je me faisais l'effet de jouer les Don Quichotte. Mais j'avais tenu à le dire et je l'avais dit. Maintenant que c'était sorti, je me sentais tout bête, d'avoir parlé comme dans les livres.

— Te fais pas de bile, mon petit vieux. Je l'aime, je te dis, je serai toujours correct avec elle.

Je ne répondis pas.

— Écoute-moi, Johnny, reprit Slim. C'était pas du flan quand je te disais l'autre fois que je t'aimais bien. Un de ces jours, j'essaierai de te trouver un filon qui rapporte. Je vais chercher.

— C'est déjà pas mal que t'aies placé Slade. Te bile pas pour moi.

— Je vais tout de même chercher, dit-il.

Je lui dis au revoir et je montai chez Frankie. Il y avait là un grand abruti de poids lourd qui cherchait un partenaire pour deux ou trois rounds vivement menés, alors j'enfilai ma culotte et nous passâmes les gants de quinze onces. Le môme essayait de faire un massacre à chacun de ses coups. Il allait chercher ses directs à Pasadena et j'aurais eu le temps de lire un roman avant qu'ils arrivent là où il voulait les placer.

Je le travaillai de près, en surveillant sa droite moulin-à-vent, et je lui massai les gencives aux quatre coins du ring. Après le premier round j'essayai de lui dire qu'il pourrait frapper plus vite en penchant ses épaules en avant sans trop se détendre pour aller chercher son élan, mais il se croyait trop malin pour m'écouter.

Au deuxième round, il m'érafla deux fois avec son gant et j'entrai en clinch.

— Dis donc, mon petit gars, je lui dis. T'énerve pas. Y a pas de bourse à décrocher, ici. Attention au truc du coup de gant.

Il ne répondit pas, mais en sortant du corps à corps, il me décocha un coup bas qui m'aurait envoyé à l'hôpital pour un mois s'il m'avait atteint. Je me fâchai ; je le forçai à se découvrir en le travaillant au visage. Quand je l'eus suffisamment redressé, je mis tout ce qui me restait de force dans un crochet du gauche qui lui défonça le ventre jusqu'à la colonne vertébrale. Il recula et s'assit, l'air mal en point. Je regagnai mon coin et j'enlevai mes gants.

Frankie s'amena en courant et commença à renauder parce que je lui esquintais ses poulains dans une séance pour la rigolade. Je lui répondis que le môme avait cherché à me démolir. Assis par terre, le poids lourd rotait la bouche ouverte. Frankie alla le trouver et l'engueula comme du poisson pourri pendant que j'allais me délasser sur le sac de sable. Je me sentais les bras lourds et pesants.

Frankie me proposa un engagement pour un des combats de la Fête du Travail, mais quand je lui demandai ce que je toucherais, il m'offrit cinquante dollars et je refusai. De ces cinquante dollars, il ne m'en serait resté que vingt, une fois déduit toutes les commissions, et ça ne valait pas le coup.

— Je pourrai peut-être t'en faire avoir soixante-quinze, me dit Frankie.

— Je ne me battrai pas à moins de deux cents. Avant, je touchais cinq cents pour les demi-finales.

—Avant, peut-être, mais plus maintenant. Ça n'existe plus, ce genre de fric dans ce bled, mon vieux.

— J'attendrai. Quand ça paiera suffisamment pour me faire vivre, je remonterai sur le ring.

— Tu ne rajeunis pas.

Je dis :

— Je suis encore capable de dérouiller ton équipe de bras cassés en les prenant les uns après les autres.

— Y a pas de quoi te vanter, grogna Frankie, l'homme-tronc de chez Barnum en ferait autant.

Je pris une douche et je me rhabillai en regrettant le bon vieux temps, quand je dégottais un combat tous les quinze jours et un demi-sac quand j'étais en forme. Frankie avait raison. Je vieillissais et je m'alourdissais et il faudrait que je devienne de plus en plus adroit pour empêcher la plupart des jeunes espoirs de m'atteindre et de me filer la piquette. J'avais le cafard en me rappelant le temps où j'avais du pognon dans la poche et où je pouvais sortir Anna pour le dépenser avec elle. Maintenant elle était à Slim et on m'offrait soixante-quinze dollars pour six rounds. Peut-être que ce temps-là était parti pour de bon, comme Anna. Je me sentais seul, plus dans le coup.

Je n'avais pas vingt-cinq ans, mais je me faisais

l'effet d'un vieillard, assis là sur mon banc en train de me rhabiller après la douche. J'avais fini par faire plus vieux que mon âge du fait que depuis longtemps je devais faire vivre maman et Slade, et puis mon nez aplati me durcissait les traits, ce qui n'arrangeait rien.

Pour ce qui était de mon travail, ça marchait bien. Je ne perdais pas de temps et ne ratais pas une occasion de faire des heures supplémentaires ; Peterson m'avait dit qu'il avait demandé de l'augmentation pour moi. Il voulait me faire titulariser comme conducteur et m'avait promis que dès qu'il y aurait une place libre, elle serait pour moi.

De son côté, Slade se débrouillait pas mal. Un jour, je passai au bureau de Hymie, histoire de me rendre compte, et je trouvai Slade assis derrière un bureau, en train de dresser une liste de billets gratuits pour Hymie. Il me dit que ça lui plaisait bien de travailler dans ce milieu d'organisateurs, de boxeurs et de lutteurs. J'étais content que le môme ait fini par décrocher quelque chose d'intéressant.

I I

C'est deux jours après ma rencontre avec Slim devant la salle de chez Frankie que nous eûmes notre premier coup dur. Il n'y eut pas beaucoup de casse, mais j'en connais qui serrèrent drôlement les fesses pendant un moment.

Bailey, Old Mac et moi rentrions de faire une livraison à l'usine d'engrais et Bailey se présenta au rapport. Peterson nous fit venir et quand nous fûmes réunis, il nous dit que d'après des tuyaux qu'il avait, nous allions être attaqués pendant notre voyage hebdomadaire aux Conserveries Empire & Cie. Nous n'emportions pas gros là-bas, mais l'usine était située loin de la ville et il fallait prendre un étroit chemin de terre pour y accéder. La paye se montait à environ quatre mille dollars.

— Je n'ai pas très confiance dans ce tuyau, dit Peterson, néanmoins je vais vous faire accompagner par une remorque.

La remorque était un véhicule ouvert monté par quatre hommes. On ne s'en servait que dans les grandes occasions ou quand on pensait que les choses pouvaient tourner au vinaigre.

— On n'a pas besoin de remorque, dit Bailey; de toute façon il ne se passera rien, et s'il se passe quelque chose, on en fait notre affaire.

En réalité, ce qu'il avait derrière la tête, c'est que s'il se passait quelque chose et qu'on s'en tire, il nous tomberait une prime du siège central. Mais si la remorque nous accompagnait et qu'il arrive quoi que ce soit, on ne toucherait rien parce que la remorque ferait tout le boulot et que le fourgon ne serait là que pour exécuter les ordres.

À deux ou trois reprises, nous avions déjà eu des appréhensions, mais il n'était rien arrivé, si bien que nous étions gonflés, allant même par moments jusqu'à souhaiter qu'on nous attaque, histoire de nous persuader à nous-mêmes que nous étions des gars à qui il ne faisait pas bon de se frotter.

— On en fait notre affaire, dis-je à Peterson.

Je ne croyais pas que nous aurions un pépin.

Old Mac aurait voulu prendre la remorque, mais Bailey et moi nous nous y opposâmes. La paie fut chargée dans le fourgon et je montai à l'intérieur avec Old Mac pendant que Bailey allait à l'avant. Une fois démarré je vérifiai les meurtrières sur les côtés et à l'arrière de la voiture. Elles fonctionnaient bien. Elles s'ouvraient vers l'extérieur et de puissants ressorts les rabattaient d'un coup sec dès qu'on retirait le canon de son âme.

Old Mac avait apporté une carabine à répétition Browning que nous posâmes sur le plancher du camion. J'examinai mon 38 et je fis tourner le barillet. Les petits colis de plomb étaient tranquillement dans leur douille, attendant d'être livrés.

Bailey traversa la ville et s'engagea dans le Boulevard.

Je guettais à travers la glace blindée à l'arrière, surveillant le mouvement de la rue. En sortant de la ville, une vieille conduite intérieure Chevrolet montée par cinq types déboucha d'une rue transversale et commença à se faufiler à travers le trafic derrière nous. Je la surveillai un moment et je fus vite convaincu qu'elle était à nos trousses.

— Dis à Bailey que nous avons une touche, dis-je à Old Mac.

Il hurla le message dans la cabine avant par une fente et Bailey prit de la vitesse. Cette bagnole avait l'air d'un vieux clou mais elle gazait. Bailey avait beau appuyer, il n'arrivait pas à la décoller.

Je me demandais ce que nous ferions lorsqu'il nous faudrait quitter l'autostrade pour prendre le chemin de terre. Old Mac beuglait dans la fente en suppliant Bailey de semer la Chevrolet. Je repris mon 38 et je m'assurai du fonctionnement du barillet. J'éprouvais une drôle de sensation, comme d'attendre au vestiaire qu'on m'appelle sur le ring.

Old Mac voulait que Bailey reste sur l'autostrade jusqu'au poste de police le plus proche au lieu de tourner dans le chemin de la Conserverie.

— Ces salauds nous talonnent, geignait-il.

— T'es payé à quoi faire, nom de Dieu ! je lui demandai... Finis de chialer et fais voir un peu ton Euréka.

La Chevy était assez proche maintenant pour que je puisse distinguer la figure des types à l'avant. Ils avaient le teint olivâtre et portaient tous les deux des panamas identiques ; le conducteur avait une cravate club rayée bleu et blanc. J'avais les yeux rivés sur cette cravate.

Mac prit le browning et enfila le canon dans la meurtrière arrière. D'un coup sec je repoussai le fusil...

— T'as assez joué au petit soldat la dernière fois, dis-je. Attendons de voir ce qui va arriver.

Bailey vira sur ses chapeaux de roues et s'engagea à fond de train dans le chemin de terre en faisant hurler sa sirène.

La Chevrolet se rapprochant de plus en plus, je sortis mon 38 et l'approchai de la fente. Un des types à l'avant se pencha en dehors de la voiture et avança sa main devant le pare-brise. Je ne pouvais pas distinguer de revolver parce qu'on soulevait trop de poussière, mais je vis l'éclair et j'entendis comme un coup de marteau sur notre porte arrière.

— Ça y est, c'est eux ! je dis.

J'étais ballotté dans le fourgon, m'agrippant d'un côté avec la main gauche, tenant mon revolver de la droite. La poussière obscurcissait la visibilité, mais je voyais la Chevrolet gagner peu à peu sur nous. Le type qui conduisait connaissait son métier.

Je projetais de leur crever les pneus dès qu'ils seraient assez près. À cette vitesse, s'ils éclataient, ils s'écrasaient. Si mon 38 ne suffisait pas à les arrêter, je les arroserais avec le fusil-mitrailleur. Je n'avais pas peur, mais j'étais sur les dents, attendant que le radiateur de la Chevrolet s'approche un peu, encore un peu.

Nous arrivâmes à un endroit où la route s'élargissait, et tandis que le fourgon bondissait et cahotait, ils y parvinrent avant nous. Ils nous doublèrent sur la gauche avant que j'aie eu le temps de coller mon 38 dans la meurtrière du fond. Je bondis sur le côté gauche. Un cahot me fit perdre l'équilibre et je me cognai la tête sur la paroi d'acier. Je me secouai et j'enfilai mon revolver dans la meurtrière gauche. Ils cherchaient à atteindre Bailey dans sa cabine. Par la lucarne au-dessus de la meurtrière, je vis sur le siège arrière un type brun courbé sur une mitraillette, qui se penchait par la portière, attendant la seconde où il serait un peu plus près pour s'offrir Bailey comme cible. Je collai mon revolver dans la fente en levant légèrement la crosse afin de braquer le canon sur la Chevrolet, et je pressai sur la gâchette.

Le revolver sauta et mon pouce fut brutalement coincé entre la crosse et le bord d'acier de la meurtrière, m'arrachant la peau. Je le replaçai dans la même position et je tirai une seconde fois. Old Mac, contre la paroi du fond, avait les yeux qui lui sortaient de la tête. Son fusil mitrailleur passé dans la meurtrière couvrait la route derrière nous. Je tirai encore un coup et de nouveau je me blessai le pouce contre le rebord de la meurtrière.

Je n'entendais pas les détonations de mon revolver. Le fourgon faisait trop de boucan et l'écho de mes coups de feu ne revenait pas à mes oreilles. Risquant un coup d'œil par le voyant au-dessus de la meurtrière, je vis le type de la Chevrolet braquer sa mitraillette droit sur moi.

Instinctivement, je me baissai, m'accroupissant derrière la paroi blindée pendant que de l'autre côté de la paroi me parvenaient des bruits semblables aux martèlements d'un marteau-piqueur.

Je levai les yeux vers la glace blindée, et je vis tomber en plein milieu une espèce d'éclaboussure qu'on eût dit faite par une énorme goutte de pluie. Le verre avait craqué.

— Oh, nom de Dieu ! braillait Old Mac d'une voix perçante, dominant le tintamarre. Oh, nom de Dieu !

Je remis mon revolver dans la fente et je tirai encore trois fois. Puis je l'ôtai et je tendis la main vers le revolver de Mac.

J'espérais qu'ils ne s'attaqueraient pas aux glaces avec leur mitraillette. Je me disais qu'ils arriveraient peut-être à forer à travers la paroi et à toucher Bailey. Je ne savais pas si ce maudit verre résisterait longtemps. Mac me passa son arme ; un coup d'œil par le voyant me montra le bord du talus de la route, mais plus de Chevrolet pour nous escorter.

Je bondis à la glace arrière et je la vis derrière nous qui ralentissait; arrachant le fusil-mitrailleur des mains d'Old Mac je le déchargeai par la meurtrière. Je ne crois pas les avoir touchés. je me tins aux aguets à la glace arrière jusqu'à ce qu'une courbe de la route les dérobe à notre vue.

Quelques minutes après nous arrivâmes à la Conserverie. Pendant que Bailey téléphonait au Bureau et aux flics j'examinai le fourgon. Sur la peinture verte, une rangée d'éraflures blanches partait du haut de la cabine avant jusqu'au voyant sur la gauche de la meurtrière. Une trace de balle avait étoilé la glace de la cabine de Bailey, tout en haut, près de l'endroit où la rangée diagonale commençait. Sous la meurtrière il y avait trois autres marques blanches qui avaient dû être faites par des balles de revolver, et une marque plus petite dans la porte arrière.

Nous délivrâmes la paie et nous attendîmes l'arrivée des flics. Bailey leur avait donné la description de la Chevrolet d'après ce que je lui avais dit et quand il m'avait demandé le numéro de la voiture j'avais répondu qu'il commençait par 72. En réalité, je n'avais rien pu distinguer tellement j'étais ému. Quelques heures après, les flics trouvèrent la Chevrolet, abandonnée dans un petit chemin à six kilomètres de l'endroit où ils avaient essayé de nous estourbir. La plaque d'immatriculation avait été arrachée, donc mon 72 était tout aussi valable que n'importe quel chiffre. Il y avait deux marques de balles sur le côté droit de la voiture entre les sièges avant et arrière et le tissu des coussins du siège arrière avait été arraché par une de mes balles. Il n'y avait aucune trace de sang;

donc il était probable que je n'avais touché personne.

Le siège central nous donna à tous trois une prime et nous eûmes notre photo dans les journaux, Bailey, Old Mac et moi debout près du camion montrant du doigt les traces de balles. Man prit peur, mais je la rassurai en lui disant que la plupart du temps je restais au bureau et que je sortais rarement sur les fourgons.

Peterson essaya de m'avoir un emploi de chauffeur, mais le siège central ne voulut rien savoir. Les gros bonnets dirent qu'ils avaient besoin de gardes comme moi et que des chauffeurs il y en avait à revendre. Je trouvais ça un peu violent. Pour avoir joué les héros pendant le coup dur, je voyais le filon me passer sous le nez. J'étais le têtard et c'était bien fait. Mais je me consolai en me disant que j'étais sûr de garder ma place et qu'après cette histoire, le boulot serait moins risqué.

III

Quatre ou cinq jours après l'attentat je descendais Culvert Street pour aller déjeuner quand je rencontrai Anna. Je la vis venir vers moi sur le même trottoir et si j'avais pu, j'aurais plongé de l'autre côté de la rue pour ne pas avoir à lui parler. Pas parce que je lui en voulais, mais je me trouvais très bien maintenant et j'avais peur qu'en la revoyant et en lui reparlant le cafard me reprenne.

J'avais raison. Elle n'avait pas plutôt dit bonjour

que le même serrement de cœur me reprit. Elle portait une robe blanche légère et fraîche, et son cou et ses bras étaient bronzés par l'eau et le soleil. Sous sa robe elle avait un soutien-gorge blanc largement ouvert. Si largement que j'apercevais le creux d'ombre entre ses deux seins.

— Tiens, tiens! Mais c'est notre héros en personne, fit-elle. Ils ne t'ont pas encore décoré?

— Bonjour Anna, dis-je en ôtant mon chapeau.

J'étais embêté de l'avoir rencontrée. Ça allait recommencer, pire que jamais. Un jour, peut-être, j'arriverais à la voir et à rester près d'elle sans sentir ce quelque chose dans ma poitrine se presser sur mes côtés, mais ça, c'était pas pour demain.

— Tu as une mine épatante! Ça te réussit, le mariage.

— Je voudrais bien que quelqu'un d'un peu dégourdi trouve une autre rengaine. Tout le monde me dit que le mariage me réussit, Slim pareil. Les gens n'arrêtent pas de me sortir ça en s'attendant à ce que je me marre comme une baleine.

— N'empêche que tu as une mine épatante.

— Et toi tu es toujours aussi beau gosse! lâcha-t-elle. Plus Gary Cooper que jamais.

Je fis une grimace qui voulait être un rire.

— Quand vas-tu monter nous voir? me demanda-t-elle. On t'a attendu. Slim m'a dit qu'il t'avait invité à dîner avec nous.

Ses yeux étaient bleus. D'un bleu profond.

— Je n'ai pas beaucoup de temps, expliquai-je. J'avais l'intention de passer, mais j'ai fait pas mal d'heures supplémentaires ces temps-ci.

— À repousser les attaques, hein ? demanda-t-elle. J'ai lu le récit de tes exploits dans le journal.

— Ils ont raconté des salades ; y avait pas de quoi fouetter un chat. Fallait qu'ils soient timbrés, ces zèbres-là, pour tenter un coup pareil.

— Tu vas te faire avoir, un de ces jours ; je te conseille de venir dîner à la maison avant de te faire descendre.

Je me mis à rire.

— Ils m'auront pas. Pas tant que je serai sur mes jambes.

— Mardi soir, ça te va ? Tu es libre, mardi soir ?

J'étais libre. J'essayai de trouver une excuse. Je ne voulais pas voir Anna et Slim chez eux. C'était suffisamment dur de les imaginer ensemble sans voir leur mobilier, leur lit.

— Eh ben, euh… je…

— Des clous ! fit Anna, viens mardi vers 7 heures. Slim te fera des spaghetti ou quelque chose comme ça.

— D'accord.

— Tu connais l'adresse ? me demanda-t-elle, c'est dans Cathedral Street. Elle me donna le numéro.

— Appartement D. 16.

— J'y serai, dis-je.

J'arrivai un peu en avance. J'avais quitté le bureau avant l'heure et j'étais passé par la maison prendre un bain et enfiler mon costume bleu. Je regrettai de ne pas avoir pensé à acheter un pantalon blanc ou une paire de souliers neufs. Mais de toute façon, qu'est-ce que ça changerait, maintenant ?

Lorsque j'arrivai chez Anna, Slim vint m'ouvrir :

— Bonsoir Johnny, dit-il. Entre donc.

Je pénétrai dans une pièce carrée avec deux fenêtres sur le mur du fond. Il y avait un divan recouvert de peluche marron sous les fenêtres et deux chaises assorties de chaque côté de la porte. Une longue table sur laquelle était posé un vase jaune contenant du lierre courait contre le mur.

Je restai devant la porte, mon chapeau à la main. Par une porte entr'ouverte, de l'autre côté du living-room, j'apercevais un lit recouvert d'un tissu blanc avec des petits nœuds verts.

— C'est gentil chez toi, dis-je à Slim.

— C'est pas que ce soit grand, mais c'est pratique, répondit-il.

Il appela Anna et elle vint de la cuisine qui était située au bout d'un petit couloir en face de la porte de la chambre à coucher. Elle portait un tablier bleu.

— Bonsoir Johnny, dit-elle, tombe la veste.

— Je n'ai pas trop chaud.

— Allez! dit Slim, bon enfant. Mets-toi à l'aise. T'as pas besoin de faire de cérémonies, ici. Passe-moi ton veston.

Je n'y tenais pas, mais je le retirai et je le tendis à Slim. Il l'accrocha au porte-manteau du couloir.

— Assieds-toi, dit Anna, ça ne sera pas prêt avant deux ou trois minutes. Fais comme chez toi.

Je m'assis sur le divan. L'odeur de spaghetti qui emplissait la pièce me mit l'eau à la bouche. Un nécessaire de fumeur était disposé près d'un des fauteuils. Anna alla y prendre une cigarette qu'elle tira d'une boîte d'argent.

— T'en veux une?

Je fis non de la tête.

— C'est vrai, dit Anna, tu ne fumes pas, hein ?

Slim était allé dans la cuisine ; il revint quelques instants plus tard avec trois grands gobelets de vin. J'en pris un. Anna était assise dans le fauteuil et croisait les jambes... Je m'efforçais de ne pas regarder de ce côté. Slim était debout près de la porte du couloir. Il me questionna sur l'attaque du fourgon et je lui dis que ça n'avait pas été grand-chose. Il voulait savoir si la glace blindée avait tenu le coup. Je répondis que oui. Il me demanda si deux balles placées au même endroit ne réussiraient pas à casser le verre. Je lui dis que je n'en savais rien.

— Vous m'avez l'air d'avoir goupillé votre affaire au poil, me dit Slim. Je veux dire quand vous livrez le pognon. Il n'y a pas de coupures, hein ?

— Ça oui. On peut dire que c'est réglé à la perfection... Ou presque. Il n'y a guère qu'un moment où on pourrait se faire avoir, c'est quand le gars qui transporte le pognon est entre le bâtiment et le fourgon. Il a les mains chargées, mais il faudrait compter avec l'autre garde et le chauffeur. Le système est pratiquement infaillible. Cette bande de gougnafiers qui ont essayé de nous attaquer l'autre jour étaient cinglés. Même s'ils avaient eu le chauffeur, ils n'auraient pas pu forcer la porte sans la dynamiter.

Anna se leva et ouvrit la table où était le pot de lierre en relevant les deux bords et en tirant les rallonges. J'offris de l'aider, mais elle me dit que tout était prêt et qu'elle nous servait tout de suite. Je vidai mon verre et Slim le remporta à la cuisine pour le remplir. Pendant qu'il était sorti, Anna s'occupait à mettre le couvert et se penchait pour disposer les couteaux et fourchettes. Quand elle se courbait, sa blouse s'ouvrait un peu. Je me détournai vivement et je pris une longue aspiration.

Elle apporta les spaghetti fumants et du poulet rôti que Slim avait préparé avant mon arrivée. La conversation languit pendant le repas. Slim nous dit qu'un des chevaux sur lequel il avait misé s'était fait battre d'une courte tête. Je me mis à parler de boxe, en me demandant quand le bon vieux temps reviendrait. Le poulet et les spaghetti étaient bons mais pas commodes à manger. Je faisais mon possible pour me dépatouiller avec les longs fils. Je m'en sortais pas trop mal, mais de temps en temps, pendant que j'engloutissais une bouchée, des bouts de spaghetti venaient pendiller jusque sur mon menton.

— Sers-toi de ta cuillère, comme moi, dit Slim.

Comme tous les Ritals, il savait enrouler ses spaghetti sur sa fourchette en les maintenant avec sa cuillère ; puis d'un geste précis, il se les collait dans la bouche sans qu'un seul bout dépasse. J'essayai, mais sans grand succès.

— Allez, coupe-les donc, Johnny, dit Anna. Moi je les coupe toujours.

Slim rouspétait contre les gens qui coupent leurs spaghetti, sous prétexte que, hachés, ils perdent toute leur saveur. Je coupai les miens et je ne sentis aucune différence, mais il faut dire que je n'y connais pas grand-chose en fait de cuisine italienne.

Après dîner, nous nous installâmes pour écouter la radio en buvant du vin. Mickey s'amena vers 9 heures ; Slim et lui allèrent discuter dans la cuisine.

— Qu'est-ce que tu deviens, Johnny ? me demanda Anna lorsque les deux hommes furent sortis.

— Je me défends.

— Tu as déjà trouvé une autre amie ?

Je répondis que non, que j'avais pas le temps de m'occuper des filles. Je ne pouvais tout de même pas lui dire qu'elle était la seule qui m'intéressait, pas vrai ?

— Tu vas en dégotter une, un de ces jours, et elle t'embobinera sans que tu t'en rendes compte, dit-elle en riant. Tu devrais te marier. C'est chouette, tu sais.

— Probablement que je ne suis pas fait pour le mariage. Je crois bien que je serai encore vieux garçon quand je casserai ma pipe.

Elle me regarda. Un drôle de regard. Comme si je lui avais dit quelque chose qu'elle attendait justement que je dise. Je n'y comprenais rien. Pendant que j'essayais de démêler de quoi il retournait, Slim et Mickey revinrent dans la pièce. Au bout d'un moment, je leur dis qu'il était temps que je décampe.

— Maintenant que tu connais le chemin, passe quand tu veux, dit Slim, n'importe quand.

— Je passerai à l'occasion. J'ai rudement bien dîné.

— Quand tu veux, insista Slim. Qu'on te voie un peu plus souvent.

Anna ne dit rien. Je les remerciai encore pour le repas et je sortis.

Je rentrai à pied, rien que pour pouvoir penser à ce que ça devait être agréable pour Slim de vivre tout le temps avec Anna et d'être aimé pour autre chose que pour l'argent qu'elle lui faisait dépenser. Elle a changé, je me disais. Elle semblait plus calme, moins garce qu'avant. Peut-être Slim était-il comme la plupart des Ritals qui ne tiennent pas à ce que leur femme soit trop intelligente. Mais il était régulier avec elle, c'était visible.

Quand je revis Anna, j'étais dans Howard Street en train de faire une livraison avec Bailey et Old Mac dans un grand magasin. J'étais adossé au mur du building, près de la porte, quand elle passa.

— Quand reviendras-tu nous voir ? demanda-t-elle. Nous t'avons attendu ; tu nous avais dit que tu passerais.

Le vent soufflait fort et lui collait sa robe sur la peau, soulignant ses lignes parfaites.

— Je passerai un de ces jours, dis-je.

— Disons dimanche soir, fit-elle, viens vers huit-heures.

Mac et Bailey sortaient du magasin ; je me dirigeai vers le fourgon.

— Je t'attendrai dimanche soir, dit-elle.

J'acquiesçai d'un signe de tête et je montai dans le fourgon. Elle m'avait regardé de la même manière que l'autre fois, quand j'avais déclaré que je voulais pas me marier. Je ne savais toujours pas où elle voulait en venir.

Ce dimanche-là, je montai à l'appartement de Cathedral Street. Anna était seule.

Elle m'apprit que Slim avait été obligé de quitter la ville pour affaires, et qu'il ne rentrerait pas avant mercredi ou jeudi. Je gardai mon chapeau à la main, me préparant à sortir. Je me disais que Slim étant absent, il valait mieux m'en aller. Mais elle rit et passa derrière moi fermer la porte. Quand elle me prit mon chapeau des mains, je sentis la chaleur de son corps contre son bras.

Je m'assis sur le divan, mal à l'aise. Je n'arrivais pas à démêler ce qui se passait. Elle s'approcha et s'assit près de moi, ramenant ses jambes sous elle et posant son bras sur le dossier en tapotant des doigts sur la tapisserie tout contre mon épaule.

— Ne dis pas que tu es venu pour Slim, dit-elle. Je m'imaginais que c'était moi que tu venais voir.

Je balbutiai vaguement que c'était auprès d'elle que j'avais toujours envie d'être, bien sûr…

— Johnny, j'ai repensé à la façon dont je me conduisais avec toi. Je ne te traitais pas bien, avoue ? je t'en ai fait voir de toutes les couleurs, hein ?

— Je n'ai pas à me plaindre, dis-je.

J'avais envie de foutre le camp. Je ne savais pas ce qui allait se passer mais je n'étais pas dans mon assiette.

Elle se pencha plus près de moi. Son parfum était doux et léger. Il montait en chaudes vagues du creux de sa robe. Je joignis les mains sur mes genoux.

— J'ai repensé à tout ça, répéta-t-elle ; j'aurais dû mieux te traiter, Johnny. Tu étais si gentil avec moi et moi j'étais rosse avec toi, la plupart du temps.

— Tu as toujours été correcte avec moi.

— Depuis que je suis mariée, je vois les choses autrement. Si j'avais su ce que je viens d'apprendre, je t'aurais mieux traité, Johnny. Je regrette de pas l'avoir fait, maintenant.

Nous restâmes un moment sans parler. Et puis cela arriva. Elle se pencha sur moi et prit ma gueule plate dans ses mains et la tourna jusqu'à ce que mes lèvres touchent les siennes. Elle m'embrassa.

— Ça, c'est pour avoir été moche avec toi, Johnny.

Je restai silencieux. Des frissons me montaient du

creux des épaules jusqu'à la racine des cheveux. Je regardai fixement mes mains, toujours jointes sur mes genoux.

— Dis quelque chose, Johnny, murmura-t-elle.

Je restai muet. Elle m'attira contre elle et m'embrassa de nouveau.

— Ça ne te fait pas la même chose qu'à moi ?

Il ne faut pas trop en demander à un homme. Je la pris dans mes bras et je m'allongeai contre elle. Elle se laissait aller sur les coussins dans un coin du divan, m'attirant sur elle. J'oubliai totalement le fait qu'elle était mariée à Slim et que nous étions en train de nous conduire de façon dégueulasse. Tout ce que je savais, c'est que je la tenais là, sous moi, et qu'avec ses bras passés autour de ma taille, elle me pressait contre elle. J'oubliai mon nez plat. Je ne devais pas être si moche du moment qu'elle pouvait me regarder et m'embrasser.

Ses yeux étaient mi-clos et sa bouche entr'ouverte. Je l'embrassai de toutes mes forces en l'écrasant contre moi. Je sentais ses seins sur ma poitrine. Elle leva une main et du bout des doigts, elle me caressa le visage.

Je me dégageai de ses bras et me levai. Par la fenêtre, de l'autre côté du divan, mon regard plongeait dans Cathedral Street. J'essayais de voir clair en moi-même. Il y avait quelque chose de pas catholique dans toute cette histoire.

Elle restait allongée sur le divan, les yeux levés sur moi, attendant que je revienne près d'elle, je suppose.

— Johnny, dit-elle d'une voix rauque, sourde, changée.

Je lui tournai le dos et me dirigeai vers la porte.
— Demain soir, dit-elle.
Je ne répondis pas. Sa voix rauque me suivit.
— Demain soir.
Je sortis.
En m'acheminant à travers les rues sombres, j'essayais de faire le point. J'étais complètement désorienté. Anna avait Slim qui lui donnait tout ce qu'elle voulait et malgré ça, elle me faisait du rentre-dedans la première fois qu'il avait le dos tourné. Ça ne tenait pas debout. Moi, avec mon nez plat, me faire embrasser par Anna, la première fois que je la voyais sans Slim ! Me voir offrir tout ce qui appartenait à son mari. Ce drôle de regard qu'elle m'avait lancé voulait sûrement dire quelque chose, mais quoi ?

Peut-être m'aimait-elle. Je me remis à l'espérer, sachant que chaque fois que je m'imaginais ça, j'étais bon pour des emmerdements. Mais c'était elle qui m'avait fait des avances. Peut-être avait-elle découvert que son mariage avec Slim avait été une erreur et que maintenant elle se rendait compte que c'était moi qu'elle aurait dû épouser. Qui sait ?

Je n'irais pas le lendemain soir. Non, j'y retournerais jamais. Je n'allais pas fricoter avec la femme d'un autre. Pas question. Je savais ce que je ressentirais si j'avais été marié avec Anna et que Slim vienne la voir pendant mon absence. Retourner chez Anna le lendemain soir, c'était aller jusqu'au bout. Je pouvais le désirer jusqu'à m'en mordre les doigts et y penser sans arrêt et imaginer combien ce serait merveilleux… Bon Dieu que ça serait merveilleux… mais je n'en voulais pas. Non.

Je pouvais me dire ça en revenant de chez Anna par les rues sombres, mais j'en avais des heures à passer avant le moment où je devrais éviter d'aller à l'appartement de Cathedral Street. Et toutes les heures seraient pleines de l'image d'Anna. Anna comme je l'avais vue et Anna comme je ne l'avais jamais vue, mais comme je pourrais la voir si j'allais là-bas demain soir. Anna nue. Anna dans mes bras, sous moi, me regardant.

Je ne dormis pas cette nuit-là. Et le lendemain, pendant le boulot, je la voyais toujours, et je sentais son corps sous le mien et ses lèvres entr'ouvertes plaquées sur les miennes.

Je mis mon complet bleu et je me baguenaudai dans le quartier, cherchant une occupation qui me distrairait de mon idée fixe. Je tournai en rond, un rond qui se rétrécissait de plus en plus et qui finit par se réduire au pâté de maisons dans lequel logeait Anna. Là, je me mis à trembler et, comme un automate, je me dirigeai d'un pas rapide droit vers l'entrée de son immeuble.

Quand elle m'ouvrit, je me glissai à l'intérieur et elle referma la porte derrière moi. Elle portait un kimono sur lequel étaient brodés des perroquets rouges. Elle ne me dit pas un mot. Elle vint vers moi, je l'enlaçai et nous nous embrassâmes en vacillant à travers la pièce jusqu'à la porte de la chambre à coucher.

Je levai la tête et je dis :

— Je veux savoir pourquoi.

Elle répondit :

— À quoi bon parler ?

Elle attira ma tête contre elle et m'entraîna dans la chambre. Je me souviens d'avoir remarqué que les stores étaient baissés et qu'une lampe teintée était allumée sur une coiffeuse blanche.

Je me souviens du faible grincement des ressorts quand nous nous assîmes sur le lit et de la chaude odeur de son corps quand j'enfouis mon nez plat dans le creux de ses seins longs et dressés.

Je me souviens d'avoir sangloté, et cependant je ne pleurais pas vraiment, lorsque la première jouissance profonde commença d'effacer la douleur qui était en moi depuis si longtemps.

CHAPITRE IV

I

Ça, c'était lundi soir. Le lendemain soir je retournai à l'appartement de Cathedral Street et tout recommença pareil. C'était en même temps merveilleux et moche. J'étais fier et j'avais peur, et j'avais honte. C'était parfait, mais ça n'allait pas du tout. Cela dépendait d'une chose : si j'étais dans ses bras ou pas. Dans ses bras, c'était exactement ce que ça devait être.

J'ai déjà dit qu'auparavant, il m'était arrivé de me balader en regardant les filles et d'avoir envie d'elles, mais que ça n'avait jamais collé. Je n'étais pas puceau quand Anna, drapée dans son kimono aux perroquets rouges, m'avait ouvert la porte ce dimanche soir. Il y avait eu deux ou trois filles, mais il y avait longtemps de ça, quand j'étais encore môme. Ça ne comptait pas. Mais ceci, c'était pas pareil.

Mercredi, j'allai voir un film ; c'était le soir où Anna pensait que Slim rentrerait. Assis dans l'obscurité, je fixais machinalement l'écran sans rien voir. Au bout d'un moment, cela devint tellement intolérable que je me levai et partis.

J'étais mal à l'aise à cause de Slim. Il avait été régulier avec moi, en aidant Slade à trouver du boulot, et moi je l'avais doublé. Je voulais aller le trouver pour lui dire qu'Anna m'aimait, seulement je ne savais pas si c'était tellement certain.

Quand j'avais suggéré à Anna de tout dire à Slim, elle avait ri et m'avait dit de ne pas être idiot.

— Il faut pourtant faire quelque chose, je lui dis. Il mérite qu'on soit régulier avec lui.

— Qu'est-ce que tu crois qu'il ferait si tu allais tout lui raconter ? demanda-t-elle. Tu t'imagines qu'il parlerait comme on parle dans les livres ? Tu te figures que vous n'auriez qu'à vous installer confortablement dans des fauteuils et discuter le coup gentiment pour que ça s'arrange, peut-être ?

— Je ne sais pas ce qu'il ferait, je dis, mais ce serait la moindre des choses de lui dire. J'aurais cru que tu aurais voulu le mettre au courant.

— Mais il te tuerait, ce Dago [1], et moi avec, probablement. Slim n'est pas le genre héros de roman. C'est un dur, un Rital.

— Je n'ai pas peur de lui.

— Eh bien moi, si. Si tu le connaissais mieux t'aurais peur aussi.

— On devrait lui dire, insistai-je.

Elle me prit dans ses bras et se pressa contre moi en enfouissant ses lèvres dans mon cou.

— Laisse tomber Slim, dit-elle. Laisse tomber. Tu n'es pas satisfait de ce que tu as ?

Mais je comptais bien m'expliquer avec Slim un

---

1. Dago : Métèque.

jour. Je voulais d'abord savoir ce qu'elle avait dans le ventre. Je savais toujours pas. Si j'essayais d'y voir clair elle me prenait dans ses bras et je ne pouvais plus réfléchir. Tout ce que je savais c'est qu'elle était chaude tout contre moi et qu'elle avait envie de moi. Elle avait envie de moi, alors à quoi bon me casser la tête à chercher pourquoi.

— Je t'aime, Anna, lui disais-je, je t'aime.

J'attendais, mais elle ne me disait jamais qu'elle m'aimait. Et je pensais : il faut pourtant qu'elle m'aime, pour faire ce qu'elle fait. Elle a dû oublier mon nez aplati et tomber amoureuse de moi.

Je descendais du fourgon un après-midi devant le bureau, quand je vis Slim s'amener. J'eus un petit frisson en l'apercevant. C'était la première fois que je le revoyais depuis cette histoire. Quand je lui dis bonjour, ma voix parut avoir un son bizarre. Il n'eut pas l'air de remarquer quoi que ce soit d'anormal. Nous restâmes un moment à parler de choses et d'autres, puis il poursuivit son chemin. J'entrai dans les bureaux, le front couvert de sueur.

Il était grand, plus costaud que je ne l'aurais cru. Pendant que nous parlions, j'avais observé ses épaules et ses larges mains. C'était le genre armoire à glace, et puis il était italien. Peut-être serait-il capable de me tuer, comme Anna l'avait dit. Peut-être savait-il quelque chose, peut-être était-ce pour ça qu'il s'était trouvé là quand le fourgon s'était rangé le long du trottoir.

J'avais peur de lui.

Je m'en rendais compte et je me rendais compte aussi que c'était le seul homme dont j'avais jamais eu peur dans ma vie. Quand on a peur d'un type, il n'a pas besoin d'être meilleur boxeur que vous. C'est vous qui faites son jeu. J'ai vu sur le ring des mecs capables de battre leur adversaire tous les soirs sans même piquer une suée, mais pour une raison quelconque, ils avaient peur de l'autre gars et ils se faisaient dérouiller. Comme si la peur leur faisait oublier tout ce que des années d'entraînement leur avaient appris.

Je n'avais jamais eu peur de personne sur un ring et si la petite affaire de l'autre jour m'avait fichu le trac, ça n'avait pas duré trois secondes. Et maintenant je suais de peur en songeant à ce que ferait Slim s'il découvrait que je lui avais pris ce qui était à lui.

Maintenant, j'avais l'impression de le rencontrer plus souvent qu'avant ce fameux dimanche soir. Presque chaque jour, il m'arrivait de le croiser, habituellement avec Mickey. Il était toujours le même, mais moi j'étais dans mes petits souliers. Il riait pareil en me payant des demis et en me rappelant qu'il cherchait toujours l'occasion de m'aider à faire une affaire, mais je ne pouvais pas m'empêcher de penser qu'il savait et qu'il attendait simplement le moment propice de me régler mon compte.

En entrant au bureau un après-midi, je trouvai un message me demandant d'appeler le numéro d'Anna. Elle m'annonça que Slim était reparti en voyage.

— Je ne peux pas monter, dis-je, je ne suis pas libre ce soir.

— J'ai besoin de te voir, dit-elle. Faut absolument que je te voie.

— C'est pas correct ce que nous faisons.

— Tu n'as donc pas envie de me voir ? Tu n'aimes pas monter chez moi ?

— Je veux savoir pourquoi tu tiens tant à me voir. Tu ne m'aimes pas.

— Qu'est-ce que ça peut faire ? J'ai envie de te voir. Ça ne te suffit pas ?

— Tu as Slim. Il est gentil pour toi. Qu'est-ce que tu as besoin de moi ?

Elle resta une seconde sans rien dire. Ça sentait le renfermé dans la cabine téléphonique.

— Alors tu montes ? demanda-t-elle.

— C'est bon, je monte.

Elle eut une sorte de petit rire avant de raccrocher.

La garce. Ce culot qu'elle avait de cocufier Slim chaque fois qu'il avait le dos tourné. Et le cocufier avec un type qu'elle n'aimait pas. Elle était pire que Bertha. Bertha vous en donnait pour votre argent, un point c'est tout. Anna prenait le fric de Slim, lui racontait des salades et le trompait. J'étais content de ne pas l'avoir épousée. Non. C'est pas vrai. Ce serait merveilleux d'être marié avec Anna.

Je m'acheminai jusque chez elle, ce soir-là. Une chance.

En tournant le coin de Madison et de Cathedral Street, je m'arrêtai pile et mes semelles crissèrent sur le trottoir. L'espace d'une seconde, je fus pris de panique et je faillis faire demi-tour et me cavaler. Slim, au volant de son Auburn, remontait la rue dans ma direction. Je m'immobilisai près d'un kiosque à journaux devant le pharmacien du coin.

Nom de Dieu, me dis-je, il sait tout ! Je souris

quand Slim m'aperçut et me fit signe de la main. Il se rangea le long du trottoir et se pencha sur la large banquette avant pour me parler.

— Où vas-tu comme ça, Johnny ?

— Je passais justement te voir. Je me baladais dans les parages et l'idée m'est venue de passer voir si vous étiez libres ce soir tous les deux. Je pensais qu'on aurait pu tous aller au cinéma ou quelque chose comme ça !

J'enfonçai mes mains dans mes poches parce qu'elles tremblaient. J'avais vachement les jetons. Il me dévisagea et ouvrit la portière.

— Allez, monte…, dit-il. Je t'emmène à la maison.

En chemin, il me dit qu'il avait été sur le point de partir en voyage, mais qu'il avait été décommandé au dernier moment et qu'il ne partirait que demain.

— Parfait, je dis, on va pouvoir aller au ciné.

Nous nous arrêtâmes devant sa porte. J'espérais qu'Anna nous avait vus arriver ensemble par la fenêtre. Si elle m'attendait avec son kimono à perroquets rouges et ne savait pas que Slim était de retour, elle m'embrasserait peut-être quand j'entrerais devant son mari. À cette idée, j'en avais des sueurs froides. Je savais qu'il était au courant, je savais qu'il manigançait quelque chose.

Nous montâmes les étages et j'élevai la voix en parlant à Slim, pour donner à Anna une chance de nous entendre venir et de voir que j'étais pas seul. Bon Dieu, si je me sortais de ce pétrin, jamais plus je ne la reverrais. J'épiais Slim tandis qu'il poussait la clé dans la serrure ; après l'avoir retirée, il passa devant. Je le suivis dans la pièce, cherchant Anna des yeux.

Elle était assise sur le divan près de la fenêtre, une revue sur les genoux.

Quand elle nous vit elle ne broncha pas. Elle crut que Slim savait tout.

— Je te croyais à Harrisburg, fit-elle.

Slim posa son chapeau sur le poste de radio.

— J'ai pas eu besoin d'y aller, répondit-il. Demain, peut-être.

— Bonsoir, Johnny, dit-elle, d'où sors-tu ?

Je lui dis que j'avais rencontré Slim dans la rue en allant chez eux pour voir s'ils ne viendraient pas au ciné avec moi. Je me demandais si Slim m'avait vu tourner le coin de Cathedral Street. S'il m'avait vu, il avait dû remarquer mon arrêt brusque et en avoir tiré des déductions.

Slim alla dans la cuisine et revint avec du vin.

— Allons au spectacle, dis-je.

Il sirota son vin et me regarda.

— J'ai à te parler, Johnny, fit-il.

Ça y est, je me dis. Il va me dire qu'il sait ce qu'il y a entre Anna et moi. Je n'osais pas la regarder. Je fixais le gobelet dans ma main en essayant de l'empêcher de trembler.

— J'ai quelque chose à te proposer, Johnny, dit Slim.

Il va me demander de sortir de la ville avec moi ou quelque chose dans ce genre, je me disais. Je bus un coup. Peut-être qu'il va me filer un trempe. Ses larges épaules et ses grosses mains étaient impressionnantes. Le diamant qu'il avait au doigt me cisaillerait la viande quand son poing s'écraserait sur ma figure. J'avais peur.

Il s'assit sur un des grands fauteuils surcapitonnés. Je le regardai. Il n'avait pas l'air en rogne. Peut-être que je me trompais.

Slim se tourna vers Anna, assise sur le divan.

— Tu veux rester à écouter ? lui demanda-t-il. Tu peux aller voir un film ou te balader, si tu préfères.

Anna paraissait inquiète. Elle se tortilla un peu sur le divan.

— J'aime mieux rester, dit-elle.

Il se retourna vers moi.

— Mon petit, commença-t-il, on pourrait se faire du pèze gros comme nous, si tu voulais.

J'osai regarder Anna. Elle paraissait aussi étonnée que moi.

— Je suis toujours prêt à gagner du pèze, je dis.

— Ma proposition pourrait te déplaire.

— Vas-y toujours.

Il s'envoya une autre lampée de vin.

— C'est du tout cuit, dit-il. Mais il se peut que ça ne te plaise pas. Si ça ne te plaît pas, je ne t'ai rien dit.

— Essaie toujours, suggérai-je, je te dirai si ça me plaît ou pas.

Il se leva et alla pêcher une cigarette dans la boîte d'argent. Il me parla par-dessus son épaule.

—... J'ai l'intention d'attaquer ton fourgon.

Je crus avoir mal entendu.

— Qu'est-ce que tu dis ?

— Je veux attaquer un de vos fourgons, répéta-t-il. Un jour où tu trimbaleras le pacson. Je voudrais qu'on s'arrange pour le piquer.

— Attaquer mon camion ? dis-je.

Je n'arrivais pas à comprendre où il voulait en

venir. Peut-être qu'il plaisantait. Je me tournai vers Anna, mais son visage n'exprimait rien. Slim craqua une allumette et porta la flamme à sa cigarette. Il secoua plusieurs fois l'allumette pour l'éteindre.

— Écoute-moi, Johnny, dit-il. Je ne te connais pas tellement bien, mais je vais lâcher le morceau. Depuis que mon affaire de trafic d'alcool est foutue et ma loterie bousillée, je gagne ma vie autrement. Des petits emprunts dans les tripots par-ci, par-là. De la petite monnaie, jamais plus de deux ou trois cents dollars. Je fais la caisse, quoi !

Bon Dieu ! Slim un cambrioleur !

Il me dévisagea par-dessus sa cigarette. La fumée qui montait en spirales devant son visage le faisait cligner des paupières. Un gars du milieu... Voilà ce qu'il était... C'est sûrement comme ça qu'il... mais bien sûr. C'était ça.

— Je suis peut-être une bille de te raconter ça. J'aurais peut-être mieux fait de la boucler, mais on s'est toujours bien entendus et t'es pas un mouchard.

— Je ne dirai rien, dis-je en le voyant me scruter derrière ses paupières mi-closes.

Je n'en revenais pas. Slim un artiste de la cambriole. Merde alors !

— Alors, reprit-il, voilà ce qui en est. J'en ai marre de ces petits boulots qui me rapportent des haricots. D'ailleurs, je veux changer de métier. Je veux faire le grand coup et me tirer.

Je réfléchissais dur. Anna avait toujours su que Slim était un hors-la-loi. Peut-être pas avant de l'épouser, mais elle avait dû s'en rendre compte tout de suite après, et elle n'avait jamais soufflé mot de ce qu'elle savait. Il n'y avait pas beaucoup de femmes comme elle. Je suppose qu'elle devait se dire que du moment que ça lui permettait de bien vivre, elle la bouclerait. La plupart des filles ou bien s'en seraient vantées ou bien se seraient plaintes d'avoir un mari pareil.

— Ton fourgon, dit Slim, sera mon dernier gros coup.

J'avalai ce qui restait de vin dans mon verre.

— Écoute, dis-je, attaquer une de ces voitures c'est de la folie. Ça ne peut pas se faire. Bon Dieu Slim, je te dis que ça ne peut pas se faire !

— Moi, je peux y arriver, dit Slim.

Durant un bon moment, personne ne souffla mot. Sur la table, à côté du vase jaune, une pendulette électrique faisait grincer ses rouages — si faiblement qu'on l'entendait à peine.

— J'ai tout mis au point, fit Slim, c'est dans le sac.

— T'es cinglé, dis-je. D'abord, pourquoi viens-tu me raconter tout ça si tu as déjà tout mis au point, je ne comprends pas. C'est pas clair, cette histoire.

— Fais marcher un peu ta cervelle, répondit-il, nous avons besoin de toi. Ça nous facilitera les choses si t'es dans le coup.

— Qui ça, nous ? Qui est-ce qui est dans le coup, pour le moment ?

Il se pencha pour secouer la cendre de sa cigarette sur le bord du cendrier.

— Tu marches avec nous ? demanda-t-il.

Je ne savais pas quoi répondre. Le verre vide que je tenais était tout bosselé à l'extérieur. Je regardai le fond, en réfléchissant à ce que j'allais dire. Il y restait quelques gouttes de vin rouge.

— Supposons que je ne marche pas ?

Il haussa ses larges épaules. Sa voix était paisible et cependant l'angoisse m'étreignit.

— Tout bien réfléchi, dit-il, j'ai l'impression qu'il faut que tu marches avec nous, Johnny.

Je me levai et arpentai la pièce. Je ne tremblais plus, mais mon front était encore mouillé de sueur.

— Comment comptes-tu goupiller la chose ? demandai-je. Et où est-ce que j'interviens ?

— Eh bien voilà, dit-il. On va monter une attaque à la flan et tu toucheras ta part. De la grosse galette, je te le promets.

Il s'approcha, se planta devant moi et me parla dans le nez. Il avait l'air surexcité. Tout en parlant, il faisait des petits gestes courts, saccadés, avec ses grosses pattes.

— C'est simple, dit-il, je peux le réussir ; j'ai tout prévu. Écoute, je prends deux hommes avec moi et tu nous dis où vous devez faire votre livraison et l'heure, comprends-tu ? Vous êtes trois dans le fourgon. Nous, on sera trois. On t'attaquera pendant que tu trimballeras le fric. On s'arrangera pour faire du boulot soigné, de façon que personne ne puisse rien y voir et peut-être qu'on t'en filera un coup sur la tête, mais sans te faire de mal, comprends-tu ? Alors, tu te répands et nous on prend le pognon.

Je me rendais compte que son histoire clochait de partout. Slim avait été verni dans ses petites combines et maintenant il se figurait qu'un boulot de cette envergure allait être tout aussi simple.

— Qu'est-ce que tu fais des deux autres gardes ? lui

demandai-je. Qu'est-ce que tu fais du chauffeur et de l'autre type dans le fourgon ?

— Peut-être qu'on peut les mettre dans le coup.

Du divan où elle était allongée, Anna intervint :

— Tu mets trop de monde dans le coup, fit-elle. Plus ils seront et plus ça aura de chances de foirer.

Elle parlait comme si elle connaissait toutes ses affaires. Je la regardai, puis je me retournai vers Slim. Il était tourné vers elle et haussait les épaules.

— Bon, ça va, fit-il, on s'occupera des deux autres gardes.

— Quelqu'un va écoper, dis-je. M'a l'air d'un foutu mic-mac ton histoire.

— Personne n'écopera, affirma Slim. Pas toi, en tout cas.

— C'est un gros morceau, dis-je.

Bon Dieu quoi, je ne tenais pas à être mêlé à une affaire pareille.

— Je te dis que je peux le faire, insista-t-il. Ce sera du tout cuit.

Son visage était transfiguré, comme s'il avait accompli quelque chose de tout à fait sensationnel. Peut-être s'imaginait-il avoir déjà fait le boulot sans la moindre coupure. Il était tellement sûr de réussir qu'il ne voyait pas un seul des points faibles de son plan, et pourtant ils crevaient les yeux.

Ça ne me plaisait pas. Pourquoi irais-je me fourrer dans un truc pareil ? Je ne dis pas que la chose était impossible à réussir, j'y avais déjà pensé à l'époque où j'avais besoin d'argent pour sortir Anna. Moi aussi j'avais eu mon plan, sans avoir songé une seconde à le réaliser vraiment.

Par exemple, moi étant dans le coup, il restait Mac et Bailey. Parfait, Mac aurait une telle trouille qu'il serait incapable de faire quoi que ce soit. Bailey était chauffeur, pas garde. La fois que le pochard m'avait bondi sur le paletot devant le cinéma, Bailey était resté pétrifié, pas de peur, vous comprenez; mais la surprise lui avait paralysé le cerveau. S'il faisait pareil pendant une attaque à main armée, il ne donnerait pas beaucoup de mal. Il resterait planté là, à servir de cible... Bon Dieu, Bailey était un brave type, quand même.

— Je vais y réfléchir, je dis à Slim, je ne vois toujours pas comment ça peut se goupiller, mais je vais y réfléchir.

Slim s'assit, il était vautré sur le fauteuil les jambes allongées devant lui.

— C'est maintenant qu'il faut te décider, dit-il. J'aimerais savoir de quel côté tu es.

— Il y a trop de trucs à prévoir, je dis, trop de chances que ça tourne mal.

— Je suis aussi de cet avis, dit Anna de son divan.

— Ça peut pas tourner mal, nous dit Slim. J'en fais mon affaire. Ça va être le coup sensationnel.

Anna regarda d'abord Slim puis moi. Sa voix était dure et sèche.

— J'aime pas ça du tout. Y a trop de risques.

— Foutaises, dit Slim; ça a seulement *l'air* difficile. Tout le monde guigne ces voitures blindées et tout le monde se dégonfle. Il est temps que quelqu'un s'occupe un peu de ce fric qui ne demande qu'à se laisser prendre. Ça fait des mois que j'y pense. Je sais que j'ai raison.

Je me mis à penser à l'argent. Si on transportait un gros paquet, disons, par exemple, cinquante sacs, à partager en quatre, comme il en était question, ça me ferait douze mille cinq cents dollars pour moi. Et si tout se passait bien, je ne risquais rien de plus que de me faire foutre à la porte. Si ça pouvait se faire, peut-être que ça valait le coup. Mais je ne voulais pas fricoter avec des trucs pareils.

— Non, ça ne colle pas, je dis à Slim. Ça ne me plaît pas. Je ne marche pas dans des trucs de ce genre-là, Slim.

Il ne dit rien. Il restait là, vautré dans le grand fauteuil à me regarder par en dessous.

— Écoute, Johnny, dit-il finalement, à ta place, j'accepterais.

— Je ne marche pas dans ces trucs-là, répétai-je, si ça foire on sera à l'ombre pour un bout de temps, mon vieux.

— Je te dis que ça ne peut pas foirer.

Il se pencha et posa sa cigarette dans le cendrier. Il l'écrasa lentement en la faisant tourner jusqu'à ce qu'elle se déchire. Il continua à la tourner longtemps après qu'elle se fut éteinte.

— Et si tu n'es pas dans le coup, dit-il, faudrait qu'on soit sûrs que tout ira bien.

Je savais ce qu'il voulait dire. Je tenais toujours mon verre bosselé dans la main.

— Je moucharderais pas, tu le sais très bien. Tu n'as pas besoin de te faire de bile pour moi, Slim.

Sa voix se fit douce et mielleuse :

— Je sais, mais on serait forcés de prendre nos précautions, Johnny.

Parlez d'un foutu pétrin. Voilà que j'étais embarqué dans une histoire où quelqu'un pouvait se faire amocher. Je ne voulais pas être mêlé aux coups durs de Slim. Je me débrouillais très bien en travaillant et maintenant Slim venait me dire que si je ne marchais pas il me ferait mon affaire. Et il ne plaisantait pas. Il avait trop parlé et maintenant il devait se couvrir. Ou bien je marchais avec eux et alors je ne pouvais pas parler, ou bien ils s'assuraient de mon silence. Baltimore n'avait pas encore de bandes bien dangereuses, mais en ce moment Slim était dangereux, je m'en rendais compte.

J'étais trempé de sueur. Je la sentais dégouliner entre mes omoplates. J'aurais tant voulu ne pas être venu voir Anna ce lundi soir. Si j'étais resté à la maison, je serais pas là maintenant à écouter Slim me raconter que je devais marcher avec eux ou qu'il me réglerait mon compte.

— Enfin, bon Dieu, je lui dis, quand t'as commencé à me faire ta proposition, t'as dit que si ça me plaisait pas, on n'en parlerait plus. Maintenant je te dis que ça me plaît pas et tu me dis qu'il faut que ça me plaise.

— Après t'avoir parlé, je me suis rendu compte qu'il fallait que ça te plaise, dit Slim. Je suis désolé, Johnny. Il aurait peut-être mieux valu que je la boucle, mais maintenant c'est fait.

Il se leva et s'approcha de moi. Il posa sa grosse patte sur mon épaule.

— Je ne raconte pas de salades, Johnny. Marche avec nous et tu ne le regretteras pas, mon petit.

— J'ai idée que je suis forcé de marcher que je le veuille ou non. Tu me laisses pas beaucoup le choix.

Je regardai Anna. Son visage était fermé et dur. Elle avait l'air de ne pas tenir à ce que je marche avec Slim, mais d'avoir peur de lâcher le morceau. Elle ne pouvait pas trop se mêler de ce que je faisais, de toute façon, sans ça Slim se serait douté de quelque chose.

— Ça va, t'en fais pas, dit Slim. On va faire du travail soigné.

Qu'est-ce que je pouvais faire ? Je lui dis que j'étais d'accord et il alla remplir les verres à la cuisine.

Pendant qu'il était sorti je regardai Anna. Je levai mes sourcils pour tâcher de lui demander si elle pensait que Slim savait. Elle mit un doigt sur ses lèvres, pour me prévenir d'avoir à me tenir à carreau.

— Qu'est-ce que tu deviens, Johnny ? me demanda-t-elle tout haut. Sa voix sonnait faux.

— Ça va, répondis-je. Ça va très bien.

Slim revint, rapportant le vin. Il avait rempli trois verres et en tendit un à Anna, et un autre à moi.

— À la bonne nôtre, dit-il.

Anna ne fit que goûter au sien et le posa sur le parquet à côté du divan. Je vidai le mien à moitié en deux gorgées.

— Dis-moi comment tu as goupillé le coup, insistai-je. Je veux savoir ce que tu as combiné et ce que j'aurai à faire.

— On a tout le temps, dit-il. Rien ne presse. Y a pas le feu.

— Je veux en finir. Le plus tôt sera le mieux. Si tu veux vraiment faire ce coup-là, faisons-le et qu'on en finisse.

Mes yeux se portèrent sur Anna. Sa robe tendue lui moulait la cuisse droite. Elle se pencha pour prendre son verre et le tissu souligna la ligne de son dos et de son épaule. Je me retournai vers Slim.

— Borne-toi à ouvrir l'œil pendant quelque temps, dit-il. Quand tu apprendras qu'il va y avoir quelque chose d'intéressant dans ton fourgon, tu me préviens du jour et de l'endroit où tu livres. Je m'occupe du reste ; c'est mon affaire.

Je le regardai en souriant. Je me sentais bien.

En sortant de chez Slim, je savais que je serais forcé d'aller jusqu'au bout de cette histoire. Je me demandais s'il savait, pour Anna et moi. Je conclus que c'était impossible. Il ne m'aurait jamais fait cette proposition s'il avait su.

Je réfléchissais. Plus j'y réfléchissais, mieux ça se présentait. Ce serait facile. Du moment que Slim faisait son boulot proprement ce serait facile.

Et une fois terminé, j'emmènerais Anna quelque part. Elle devait quand même tenir à moi, pour s'être jetée dans mes bras de cette façon. C'était marrant : Slim qui arrangeait tout pour que je puisse me débiner avec sa femme.

Man n'était pas encore couchée quand je rentrai. J'avais besoin d'être seul pour pouvoir me concentrer et voir où j'en étais. Je lui parlai un petit moment après quoi je montai. J'ôtai mes souliers et je m'étendis sur le lit, les yeux au plafond, m'efforçant d'envisager l'affaire sous toutes ses faces.

Slade passa sa tête par la porte pendant que j'étais allongé.

— Tu dors ? demanda-t-il.

— Non, tu peux entrer.

Le môme se débrouillait pas mal. Il travaillait toujours pour Hymie et quelques tuyaux sérieux lui avaient fait ramasser pas mal de pognon. Du moins, c'est ce qu'il m'avait dit quand je l'avais vu avec une liasse confortable. Depuis que je revoyais Anna, je ne pensais plus à surveiller Slade pour m'assurer qu'il restait dans le droit chemin. Si Anna ne m'avait pas autant occupé, je me serais peut-être inquiété de savoir d'où venait tout cet argent que Slade prétendait gagner en pariant. J'aurais peut-être cherché et j'aurais peut-être trouvé de quoi il retournait au juste. Si... mais je ne le fis pas.

Slade entra et s'assit sur le bord du lit, la cigarette au bec. Il était assez beau garçon, avec des cheveux noirs et tirés et son visage ovale.

— Comment ça va ? lui demandai-je.

— Ça va très b b b bien. Je m'd... dé... dé... débrouille b b bien.

— T'as gagné des paris ces temps-ci ?

— Non, p... p... pas ces temps-ci, il n'y a p... p... pas eu de comb... b... bats, ces temps-ci.

Il tira sur sa cigarette. Il me paraissait inquiet.

— Écoute, dis-je. Tu es sûr de ne pas t'être fourré dans une sale histoire, au moins ? Je veux dire, tu te tiens peinard ?

— B... b... b... bien sûr, bégaya-t-il, ça va très b...... bien.

Je n'aimais pas l'entendre bégayer de cette façon. Sa voix était un moyen infaillible de lire en lui. D'habitude, quand il bégayait il était surexcité et essayait de le cacher.

— Si tu as des ennuis, je dis, viens m'en parler. Ne va pas tracasser Maman.

Il se mit debout.

— Q... q... q... qu'est-ce qui t'fait c... c... croire q... q... que j'ai des ennuis ? Ça va très b... b... bien.

Il sortit. Je me remis à réfléchir sur ce boulot avec Slim. Et tout d'un coup, je trouvai le joint.

Tous les samedis à midi, nous portions 35 000 dollars à l'usine électrique Bliss, du côté de Middle River, au diable. Il fallait y être à une heure, et généralement, ça renaudait dur, parce que c'était loin et qu'on ne pouvait partir qu'assez tard, le samedi. Les deux fourgons y allaient alternativement, et chaque fois que c'était notre tour, Bailey râlait comme un voleur.

Il faut dire que Bailey avait un petit cottage au bord de la mer et que le trajet jusqu'à l'usine Bliss lui gâchait son week-end, parce que le temps de rentrer, de se changer et ainsi de suite, il était 3 heures ou 3 heures et demie. Il m'avait demandé deux ou trois fois si je ne pouvais pas conduire le fourgon à sa place, ce qui l'aurait rendu libre à midi.

— Personne ne saurait que j'ai pas travaillé, me disait-il. Tu n'aurais qu'à rentrer le fourgon au garage en rentrant et personne n'en saurait rien.

Je lui avais répondu que je le ferais peut-être un jour, s'il me rendait le même service et faisait une tournée sans moi.

— Mais je ne veux pas que ça devienne une habitude, j'avais dit. Choisis un week-end où t'as besoin d'aller dans ta cabane à lapins pour un truc important et je conduirai peut-être la bagnole à ta place.

C'était la combinaison qui se prêtait le mieux à ce genre d'entreprise. Sans Bailey. Old Mac et moi serions seuls à faire le travail. Old Mac ne comptant pas, l'affaire serait liquidée en deux temps trois mouvements. La livraison Bliss sans Bailey, c'était la chance rêvée.

Je n'avais qu'à attendre que Bailey me demande de conduire à sa place après quoi je rencarderais Slim. L'usine Bliss était dans un coin idéal, par-dessus le marché. Les employés faisaient la queue à l'intérieur du bâtiment et il n'y avait ni grille ni rien de ce genre à franchir. Le chef-payeur ne sortait jamais nous donner un coup de main pour transporter le fric. Nous serions seuls dans la cour quand ça se produirait.

C'était une occasion unique, pas d'erreur.

Je vis Slim le lendemain après-midi et je lui en parlai.

— Ça m'a l'air au poil, dit-il. Fait sur mesure pour nous.

— Il vaudrait peut-être mieux que j'y aille une ou deux fois sans Bailey, dis-je. Ça paraîtrait moins louche que si ça arrivait juste la première fois que Bailey n'est pas là.

Slim pensait qu'il valait mieux tenter le coup à la première occasion.

— L'été tire à sa fin, dit-il. Ton dénommé Bailey ne va plus aller bien longtemps à sa maison de campagne. D'un autre côté, quelqu'un de l'usine pourrait râler, s'il découvrait que votre équipe n'est pas au complet.

Évidemment, ce qu'il disait était logique.

— D'accord; on fera ça la première fois que Bailey me demandera de le remplacer.

— Parfait, dit Slim. C'est du gâteau!

11

J'étais d'une humeur d'ange. Tout me réussissait. Les choses s'arrangeant comme ça, il n'y avait guère de chances pour que quelque chose aille de travers. Et quand tout serait fini, j'aurais Anna. Rien qu'à moi.

On serait ensemble tout le temps sans avoir à se tracasser au sujet de Slim. Je ne lui avais rien dit de mes projets, mais selon moi, elle trouverait ça parfait. Je pensais qu'elle en avait marre de Slim; je n'aurais su dire pourquoi. Peut-être parce qu'elle m'aimait. En tout cas, une fois la chose liquidée, on n'aurait plus à se faire de la bile à cause de ce grand gorille avec ses épaules en armoire à glace. On serait tout le temps ensemble sans craindre qu'il découvre tout.

Il y avait encore des choses auxquelles je devais faire gaffe, comme par exemple, d'être sûr de ne pas me laisser couillonner après coup, mais j'y veillerais. J'étais assez grand. Je savais ce que je faisais. Cette affaire me convenait à merveille.

Slim s'absenta quelque jours et je restai avec Anna presque tout le temps. Elle devenait nerveuse. Depuis que Slim m'avait parlé de ce coup, le soir où il m'avait presque surpris chez lui, elle était constamment sur les dents. Et moi, depuis ce moment-là, j'allais de mieux en mieux, de plus en plus sûr de moi. La crainte que m'inspirait Slim disparaissait.

Anna finit par devenir si nerveuse que ça gâchait

presque les moments où nous étions ensemble. Et alors qu'avant, c'était elle qui me calmait, maintenant c'était le contraire.

— Te fais pas de bile, je lui disais. Il n'arrivera rien.

— Et s'il découvre tout ! disait-elle sans cesse. On y aura droit tous les deux, si jamais il s'en aperçoit.

— Il ne sait rien de nous deux, il n'a même pas de soupçons. Il est bouché, cette espèce de métèque.

— Il n'est pas bouché, ripostait Anna. Ne va pas t'imaginer ça. Il est malin.

— Pense à autre chose, je lui disais. Ne le laissons pas gâcher notre plaisir.

Il n'y avait qu'une façon de l'empêcher de se tracasser : l'embrasser fort. Là, elle oubliait tout le reste. Ça la détendait, chaque fois qu'elle avait peur ou qu'elle était en colère ou nerveuse. J'avais appris cela à la fréquenter. Un baiser suffisait à répondre à toutes les questions. Elle ne s'en rassasiait jamais.

Je me sentais bien. J'étais sûr que Slim ne savait rien et je n'avais plus peur de lui. Je me mis à penser à tous les durs que j'avais rencontrés sur le ring ; aucun d'eux ne m'avait jamais fait mal. Comment Slim pourrait-il me faire mal ? Je pouvais lui régler son compte comme je l'avais fait à des types plus forts et plus coriaces que lui.

— Et puis après, même s'il s'en aperçoit ? je disais à Anna. Il ne peut rien me faire. Je me charge de lui, tout seul.

— J'ai peur, des fois.

Au bout d'un moment je disais :

— Tu as peur, maintenant ?

Elle ne tardait pas à répondre :

106

— Je crois que oui, répondait-elle. J'ai l'impression que c'est un coriace. Il m'a raconté qu'un jour à New York il avait tué un type. Il était saoul et ça lui a échappé. Mais après ça, il l'a bouclée et je n'ai jamais rien su d'autre.

— Est-ce qu'il parle beaucoup, quand il est saoul, c'est ça qui m'intéresse ?

Je ne tenais pas à me mouiller avec un type capable de débloquer quand il avait un verre dans le nez.

— Te fais pas de bile pour ça, dit-elle. Je ne l'ai vu saoul que deux fois dans ma vie et il ne l'ouvre pas. C'est la seule fois où il l'ait un tout petit peu ouverte.

Je caressai doucement ses cheveux soyeux, légèrement bouclés.

— Anna, une fois que j'aurai touché ma part du pognon, tu partiras avec moi ?

Elle ne répondit pas.

— Tu viendras, Anna ?

— Peut-être, dit-elle finalement ; je ne sais pas.

Je me fâchai :

— Tu ne sais pas ! Tu ne sais jamais. Tu répètes ça tout le temps. Tu ne sais pas si tu m'aimes ou non ? Tu ne sais pas si tu aimes être avec moi ou non ?

— J'aime être avec toi, dit Anna. Ça, je le sais.

— Alors, il va de soi que tu m'aimes, pas vrai ? Ça me paraît logique.

— Pourquoi me demandes-tu toujours si je t'aime, Johnny ? Qu'est-ce que je pourrais te donner de plus que ce que je te donne maintenant, si je t'aimais ?

— Pourtant, tu dois m'aimer, sinon tu ne serais pas comme ça avec moi, ça va de soi.

Elle se leva et alla regarder dans la rue par la

fenêtre. J'attendis couché là, les yeux au plafond, dans l'espoir qu'elle me dirait oui, qu'elle devait m'aimer en effet. Elle fit brusquement volte-face. Elle était très belle ainsi avec la lumière de la fenêtre derrière elle.

— Tu me demandes toujours si je t'aime, Johnny. Bon. Eh bien je vais te dire. Quand je suis avec toi, je t'aime. D'accord. Je suis sincère tu vois ? Si j'étais avec un autre qui m'aimerait autant que toi, je suppose que je ressentirais la même chose pour lui. C'est peut-être de l'amour, je n'en sais rien. Quand c'est fini tous les deux et que tu es parti, je ne t'aime pas, comprends-tu ? Alors ça ne peut pas être de l'amour.

— Mais quand je suis là ?

— Quand tu es là, tu es un homme, un homme fort, un homme qui m'aime. Je sais que tu m'aimes, tu comprends ? Tu n'es pas Johnny, ni Tom, ni un autre. Tu es simplement un grand gars costaud qui m'aime. Voilà ce que je veux dire. Maintenant, tu sais. Et maintenant je suppose que tu m'en veux.

Je réfléchis à la question.

— Ça ne tient pas debout. Slim aussi est grand et fort. Il doit y avoir autre chose.

— Non, c'est ça, dit-elle. Toi, tu m'excites. Je ne sais pas comment dire ; mais avec toi, c'est différent. Je sais que tu m'aimes depuis longtemps, malgré les crasses que j'ai pu te faire. Avec Slim, c'est autre chose. Toi, tu me donnes tout. Tandis que Slim ne me donne que l'amour que selon lui un mari doit à sa femme. Il ne se laisse pas aller. Il a peur de reconnaître qu'il m'aime. Quand je suis avec lui, j'ai l'impression d'être roulée. Je veux que l'homme qui est avec moi se donne complètement. Avec toi, je sais que j'ai tout. Voilà pourquoi j'aime être avec toi.

Je me sentis écœuré. Elle était vorace, égoïste, pas autre chose. Ce qui l'intéressait avant tout, c'était de savoir que l'homme avec qui elle était ne pensait strictement qu'à elle. L'amour n'avait rien à voir là-dedans. Slim gardait sa tête, et elle aurait voulu qu'il se jette à l'eau pour elle.

Je me levai du lit. J'étais furieux.

— Où vas-tu, Johnny ? me demanda-t-elle.

— Je ne marche pas dans cette combine. Je croyais que tu m'aimais. Non mais, pour qui me prends-tu, bon Dieu !

Elle m'enlaça.

— Un homme, fit-elle, un homme fort.

Je me souviens que j'essayais de me dire qu'elle se foutait éperdument de moi, mais ses bras me tenaient serré et empêchaient mon cerveau de fonctionner, comme toujours.

CHAPITRE V

I

C'est vendredi à midi que Bailey vint me trouver au bureau et me demanda de sortir avec lui. Je le suivis sur le trottoir et il s'assit sur l'aile de son fourgon.

— Alors, t'es d'accord. Johnny ? fit-il. T'es d'accord pour me remplacer demain à midi et faire la livraison Bliss ? Ma femme a invité des amis à venir passer le week-end à la plage et je voudrais avoir mon après-midi libre. C'est la dernière occasion que j'aurai d'aller là-bas cette année.

Mon cœur se mit à chahuter dans ma poitrine, mais j'essayai de paraître réticent.

— J'y ai réfléchi, je dis ; c'est un truc à avoir des histoires avec Peterson. On se ferait virer tous les deux s'il se doutait de quelque chose. Je voudrais bien te rendre service, mon vieux Bailey, mais je ne veux pas perdre ma place.

— Ça ne fera pas d'histoires, affirma-t-il. Personne n'en saura rien à part toi et Old Mac. En revenant de chez Bliss t'auras qu'à rentrer le fourgon directement au garage et personne s'apercevra de rien.

— Je ne sais pas trop.

— Je t'en prie, Johnny! supplia-t-il. Sois chic, quoi. Tu me l'avais promis.

— Je voudrais bien t'aider, d'accord, mais Peterson ferait la sale gueule, s'il l'apprenait.

— Allez, sois un pote.

— J'en parlerai à Mac, lui dis-je en fin de compte. S'il est d'accord, je marche.

— Merci, Johnny, dit-il, merci. Je te revaudrai ça un jour.

Nous reprîmes le chemin du bureau.

— Si jamais ça faisait des histoires, dis-je, je compte sur toi pour ne pas te défiler. Si Peterson s'en aperçoit et qu'il veuille me faire balancer ou autre chose, je serai obligé de lui dire ce qui en est.

— Je me charge de Peterson s'il s'aperçoit de quelque chose, dit Bailey. Te fais pas de bile pour lui.

Mac, quand je lui parlai de cet arrangement, commença à râler.

— Il nous faut un autre garde, dit-il. Deux c'est pas suffisant pour ce boulot-là.

— Et comment vas-tu trouver un autre garde sans prévenir Peterson que Bailey ne vient pas? lui demandai-je.

— Pourquoi il ne demande pas tout simplement son après-midi? Pourquoi il ne fait pas les choses en règle au lieu de se débiner en douce?

— Tu sais bien qu'il ne veut pas perdre ses heures de paye, expliquai-je. Ça se passera bien. Je conduirai et je porterai le fric. Tout se passera bien. T'as pas besoin d'avoir peur.

— C'est pas que j'aie peur, dit Mac, c'est simplement que s'il arrive quelque chose on sera baisés.

— Bailey a promis de tout prendre sur lui si le bureau s'aperçoit de quelque chose.

Il pleurnicha encore un peu, mais il ne pouvait rien faire sans attirer des histoires à Bailey et il avait peur que Bailey lui en veuille. En fin de compte il accepta ; il ne dirait rien et laisserait Bailey s'en aller.

— Mais c'est toi qui trimbaleras le fric, me dit-il, En plus de conduire, c'est toi qui porteras la caisse ?

— Je m'occuperai de tout. Toi, ton boulot, ce sera de planter tes pieds plats à côté de la porte et je me charge du reste.

Dès que je pus sortir des bureaux j'appelai Slim au téléphone.

— C'est d'accord, je lui dis. Demain. Le type vient juste de me demander de faire le travail en question.

Il fit entendre un grognement.

— Passe ce soir. On mettra tout au point. Viens vers neuf heures.

En sortant de la cabine, j'examinai le drugstore pour le cas où quelqu'un aurait eu l'air de s'intéresser à ma conversation avec Slim.

C'est déjà à ce moment que ça a commencé pour de bon. Jusque-là, je n'avais pas considéré la chose comme devant vraiment se produire. Ça n'avait été qu'une sorte de tourbillon dans mon cerveau. Mais maintenant que je savais que c'était décidé, je réalisais toute l'envergure du coup et je commençais à observer soigneusement les gens que je croisais et les types du bureau en essayant de deviner si quelqu'un pouvait se douter de ce qui allait se passer.

Quand j'entrai chez Slim ce soir-là, je le trouvai installé avec Mickey dans la pièce principale. Ils avaient tombé la veste, relâché leur nœud de cravate et déboutonné leur faux-col.

Slim semblait n'être pas rasé. C'était la première fois que je le voyais avec de la barbe.

Le visage de Mickey était plus congestionné que jamais ; il avait l'air tout agité. Il se leva et me serra la main. Slim grogna un bonsoir. Il resta assis.

D'un clin d'œil, je demandai à Slim si Mickey était affranchi. Il me fit signe que oui.

— Mickey est dans le coup, dit-il ; il travaille toujours avec moi.

Il me dévisagea fixement un moment, puis il se détourna et considéra le tapis. Après ça il ne me regarda plus une seule fois en face de toute la soirée. Il parlait en regardant Mickey ou entre Mickey ou moi. Jamais en face.

« Qu'est-ce que ça peut foutre ! me dis-je. Il est énervé en pensant à demain, c'est tout. »

— Où est Anna ? demandai-je.

— Je l'ai envoyée au cinéma, dit Slim au tapis. Je ne voulais pas l'avoir là ce soir pendant qu'on discutait de l'affaire.

— Oui, t'as raison. Moins elle en saura, moins elle pourra en raconter.

Slim fit une sale tête. Il avait l'air mauvais.

— Qu'est-ce que tu veux dire par là ? À qui, elle ne pourra pas en raconter ?

— Je veux dire que si ça tourne mal demain, Anna ne saura rien qui puisse lui attirer des ennuis, répondis-je du même ton sec que Slim.

Je ne le craignais plus et je voulais qu'il le sache. Sa façon de me parler en regardant par terre ne me revenait pas. Et c'est drôle, mais son visage mal rasé ne me disait rien de bon. Quand il oubliait de se raser, ça voulait dire qu'il n'était pas dans son assiette, et s'il commençait à se tracasser maintenant, il y avait des chances pour que demain il fasse des conneries et foute tout par terre. Pour que ça réussisse, fallait que je sois sûr qu'il était dans son état normal.

— Est-ce que je t'ai pas dit mille fois que ça ne pouvait pas tourner mal? dit Slim. D'abord qu'est-ce que tu veux qui tourne mal? Tout est réglé comme du papier à musique.

— C'est sûr, fit Mickey. Ça sera du billard.

Je crus bon de placer un mot qui leur ferait sentir que je pensais à défendre ma part du pognon :

— N'oubliez pas que c'est moi qui ai goupillé la chose telle qu'elle est maintenant. L'idée est de moi.

Ça faisait bien. Ça leur rappelait que je comptais vivement sur ma part. J'étais tout fier de ma petite phrase.

Slim resta muet une seconde. Il regardait ses pieds sur le parquet.

— Tout se passera bien, à moins que quelqu'un nous double, dit-il.

Il avait parlé lentement en détachant ses mots.

— Comment ça? Qui veux-tu qui nous double? demandai-je. Je ne comprends pas.

Slim se leva et pénétra dans la chambre à coucher sans me répondre. Il revint avec une bouteille de whisky bouchée et s'assit sur le divan. Il entreprit de défaire la capsule qui entourait le bouchon avec ses longs doigts plats.

— Ça ne me paraît pas catholique, ce que tu viens de dire, insistai-je. Qu'est-ce qui t'a pris ?

Mickey se dépêcha d'intervenir :

— Laisse tomber, Johnny, dit-il, Slim ne voulait rien dire de spécial.

Slim ne semblait s'intéresser qu'à extirper le bouchon de la bouteille. Il fronçait ses sourcils épais en se renfrognant. Je me levai et gagnai la porte.

— On ferait peut-être bien de tout laisser choir, dis-je. Je n'aime pas ce genre de réflexions. Ne comptez plus sur moi.

C'était du flan, naturellement. Je savais bien que je ne pouvais plus me débiner. Il n'y avait qu'une façon de me débiner, engagé comme je l'étais, et je la connaissais.

— Assieds-toi, dit Mickey. Ça va s'arranger.

J'avais la main sur la poignée de la porte. Slim retira son bouchon et posa la bouteille sur le bord de la table, près du divan. Le bouchon tourna en décrivant un demi-cercle et s'arrêta.

— T'as pas besoin de te monter comme ça, dit Slim. Il contemplait l'étiquette de la bouteille. Je ne voulais rien dire de mal.

— Eh ben moi, j'ai trouvé ça bizarre, dis-je.

— Bois un coup, dit Mickey. Pense à autre chose. Allez, buvons un coup.

— Minute ! dis-je. Je tiens à mettre les choses au point. On m'a demandé d'entrer dans le coup. C'est pas moi qui en ai eu l'idée. Quand tu m'as demandé de marcher avec toi, Slim, je t'ai dit que ça ne me plaisait pas. Tu te souviens ?

— Hum... ouais, marmonna Slim. Il ne paraissait s'intéresser qu'à l'étiquette de sa bouteille.

— Bon ; tu m'as pour ainsi dire forcé la main. J'ai dit d'accord, que je me chargeais de ma part du travail.

— Bien sûr, intervint Mickey, bien sûr. T'as été épatant. T'as tout goupillé pour nous.

— Alors écoute, dis-je à Slim, si tu as dans l'idée que quelqu'un a envie de doubler quelqu'un d'autre, il y a qu'à tout laisser tomber. Je veux pas me mouiller avec des gars qui ont des idées de ce genre.

Slim ne répondit pas. Il passa la bouteille à Mickey. Mickey but une longue gorgée au goulot et me la tendit. Je bus un coup et je m'étranglai. Slim en avala une bonne lampée.

— N'en parlons plus, dit-il. Je voulais seulement que tu saches que rien ne peut aller de travers.

Je haussai les épaules. Mon bluff n'avait pas exactement pris, mais je ne pouvais pas faire mieux.

— Est-ce que tu as tout préparé ? demanda Slim. À quelle heure vous arrivez chez Bliss ?

— En général à une heure moins quelques minutes. Avec moi au volant, ça sera peut-être un peu plus tard. Je mettrai probablement un peu plus de temps que Bailey.

Slim alluma une cigarette et souffla un long jet de fumée vers le plancher. Il avait les mains jointes et les coudes appuyés sur ses genoux. Ses épaules, un peu voûtées, semblaient plus larges que jamais.

— Vers une heure, alors, dit-il. Pas avant. C'est toi qui porteras le pognon.

— Ouais ; je me suis déjà arrangé avec Mac pour trimbaler le pognon du fourgon à l'usine.

— Et ce type, ton dénommé Mac, où sera-t-il ? me demanda Mickey.

— J'irai lui ouvrir la porte arrière du camion et il ira se poster à la porte de l'usine. Attendez qu'il soit arrivé à la porte avant de commencer. Il ira probablement se planquer à l'intérieur, comprenez ? Et ne faites rien tant que je n'aurai pas sorti l'argent du fourgon, sans ça, il faudrait que je vous claque la porte au nez pour que ça n'ait pas l'air louche.

— Souviens-toi de ça, Mickey, dit Slim. Tu t'occupes du gars de la porte, le dénommé Mac. Moi, je matraque Johnny, à ce moment-là.

— Pour l'amour du ciel, dis-je à Slim, vas-y mollo avec ton matraquage. Ne t'énerve pas et ne va pas me défoncer le crâne ou quelque chose dans ce genre-là !

— Je ne m'énerverai pas, dit Slim. Ça sera simple comme bonjour.

Il ne me regardait toujours pas. Mickey lui tendit le whisky et il but une longue rasade. Je refusai et Mickey reprit la bouteille.

— Vous feriez peut-être bien d'y aller doucement avec la bouteille, dis-je. Le genre gueule de bois, demain, il en faut le moins possible.

Slim ne répondit pas. Quand Mickey eut fini de boire, il reprit la bouteille et s'en envoya encore deux bonnes lampées. « Très bien, te gêne pas, me dis-je. Si tu veux jouer les fortes têtes, vas-y, moi je m'en fous. »

— Quand tu me sonneras, je ferai semblant de vouloir sortir mon revolver, dis-je. Il faut que ça ait l'air authentique.

Je levai brusquement les yeux, sans raison particulière, si ce n'est une soudaine intuition qui me fit surveiller Slim. Je le surpris en train d'échanger un coup d'œil avec Mickey. Leurs regards se détournèrent aussitôt.

— Te fais pas de bile pour ça, dit Slim. Ça paraîtra authentique, n'aie crainte.

Le regard qu'ils avaient échangé, l'espace d'un éclair, je n'étais pas censé le voir, mais je l'avais surpris. Je sentis ma peau se ratatiner sous ma chemise. Je compris à ce moment-là qu'il allait arriver quelque chose. Je maîtrisai ma voix :

— O. K. dis-je. Je voulais simplement être bien que sûr que ça ne paraîtrait pas louche de façon que ça ne me retombe pas sur le dos après coup. De toute façon, je me ferai probablement vider, mais je ne veux pas me faire foutre en cabane.

— Te bile pas, dit Slim, t'iras pas en cabane.

Je continuais à essayer de me dominer et de faire semblant de n'avoir rien remarqué dans leur regard.

— Et le troisième type avec vous, qui ce sera ?

Il me répondit que je ne le connaissais pas. Sa voix était toujours menaçante. Il avait l'air de m'en vouloir et je n'y comprenais rien. J'avais très bien joué mon rôle et voilà qu'il me traitait comme si j'avais tout fait louper, comme s'il n'était pas sûr que j'irais pas moucharder toute l'affaire. Et ce regard que je lui avais vu échanger avec Mickey, ce regard que je n'aurais pas dû voir. Qu'est-ce qu'il signifiait au juste ?

119

— Qu'est-ce qui te tracasse ce soir, Slim ? dis-je.

Il se redressa d'un sursaut. Il me regarda presque, mais au dernier moment il détourna les yeux et se remit à considérer le parquet.

— Qu'est-ce que tu veux qui me tracasse ? J'ai l'air de quelqu'un qui se tracasse ?

— T'as l'air de m'en vouloir.

Je regardai Mickey. Il avait les yeux rivés sur Slim. Slim écrasa son mégot sur un petit cendrier en cuivre posé au bord de la table. Sa voix se fit toute mielleuse et en parlant de la fumée lui sortait de la bouche.

— T'en vouloir ? fit-il. Pour quelle raison je t'en voudrais, Johnny ?

Je sentis un rapide frisson me parcourir l'échine ; il aurait pu aussi bien me dire qu'il savait tout. C'était comme s'il avait dit : T'en vouloir ? Et comment que je t'en veux. Je sais tout, sur toi et ma femme. Comment je pourrais ne pas t'en vouloir ? Tu t'es foutu de moi et je vais te régler ton compte. Mais je n'étais pas sûr que ce que je ne l'avais pas entendu me dire était ce qu'il pensait. Je l'avais déjà soupçonné d'être au courant et chaque fois je m'étais trompé. Je réfléchis rapidement. C'était pas possible qu'il sache, me disais-je, parce que s'il savait, s'il avait découvert le pot-aux-roses, il ne pourrait jamais rester assis là, devant moi, à discuter le coup avec moi.

Il était simplement nerveux... dans l'attente du lendemain à midi. J'avais dû interpréter de travers.

— Je ne vois pas ce que j'ai pu faire pour que tu m'en veuilles, dis-je.

Je lui présentais le menton. S'il savait, faudrait que ça sorte et on pourrait s'expliquer. L'espace d'une seconde, je souhaitai presque qu'il sache tout. De cette façon, on en finirait et ce serait marre.

Ignorant toujours s'il était au courant ou pas, tandis que j'étais assis en face de lui à m'interroger, j'eus soudain l'impression que quelqu'un s'amenait derrière ma chaise pour m'en filer un coup. L'impression devint si forte que je me tournai à moitié pour jeter un coup d'œil par-dessus mon épaule. Quand je me retournai, je vis passer une brève lueur dans les yeux de Slim, sous les sourcils broussailleux. Rien qu'un éclair et puis il se remit à considérer le bout de ses souliers marron, comme s'il se demandait s'ils avaient besoin d'un coup de brosse.

Mickey intervint brusquement et se mit à parler avec volubilité. Il demanda à Slim ce qu'il pensait de se planquer quelque temps à Newark en attendant que les choses se tassent. Slim répondit non, qu'ils ne quitteraient pas la ville.

— On se servira d'un vieux tacot, avec des numéros de la Floride, m'expliqua-t-il. On sera masqués et après t'avoir chauffé le pognon, on basculera la bagnole dans un fossé, on enlèvera les plaques d'immatriculation et on se tirera chacun de son côté. On reviendra en ville par des routes différentes et à partir de là, on fait le mort. Probable qu'un de nous se fera embarquer par les flics mais nos alibis sont déjà prêts. Ça vaut mieux que de quitter la ville.

Ça me paraissait bien combiné.

— Écoute, dis-je, qu'est-ce que je fais si on me convoque pour me confronter avec l'un de vous ? Ils feront sûrement une confrontation si l'un de vous se fait poirer. Et tout le monde sait que je vous connais tous les deux.

Pas d'erreur, je jouais mon rôle à la perfection. Je vous combinais toute l'affaire comme un professionnel, malgré le regard que j'avais surpris entre Mickey et Slim.

— Ça fait rien, dit Slim ; admets que tu nous connais, pourquoi pas ? Dis-nous bonjour quand on nous confrontera et reluque-nous soigneusement. Dis-leur qu'à ton avis les types qui ont fait le coup étaient plus petits que Mickey et moi. S'il y a un défilé de suspects, choisis quelqu'un d'autre. Et si on te donne le fichier à consulter, n'aie pas l'air de trouver des ressemblances avec les types qui t'ont attaqué.

— D'accord, dis-je, c'est compris.

J'étais adossé à ma chaise et je rigolais tout seul à l'idée que toutes ces questions et ces réponses n'avaient aucun sens. Je savais de quoi il retournait.

Slim considérait ses chaussures. Il avait mouillé ses cheveux avant de faire sa raie et il avait deux ou trois épis qui rebiquaient par-derrière en se décollant des autres cheveux. Quand il parla il ne leva pas les yeux.

— Si l'un de nous a envie de faire le couillon, il fera bien de se souvenir qu'on est tous dans le bain. Si l'un de nous est pris on est tous pris, souvenez-vous-en.

— Entendu, dis-je. Je sais ça. On est tous dans le bain.

Anna avait tort, ce type-là était bouché !

— Bien sûr, dit Mickey. Ça marchera.

Slim tira de la poche de sa chemise un paquet de

cigarettes, en retira une, la colla dans sa grande bouche et chercha des allumettes dans la poche de son pantalon.

— Eh ben, je crois qu'on est parés, dis-je. Il est temps que je rentre.

— Ouais, dit Slim. Sa cigarette s'agitait à chaque mouvement de ses lèvres. Repose-toi bien. Te bile pas. Tout se passera bien. Ça ne peut pas louper.

Tout se passerait certainement très bien. Et je ne pouvais pas louper.

Je descendis dans la rue et je quittai Cathedral Street pour m'engager dans Mount Royal Avenue. Je réfléchissais, m'efforçant de ne rien négliger. Je n'avais pas aimé le regard que Slim avait échangé avec Mickey. À part ça, tout était pour le mieux.

Peut-être qu'il savait et qu'il aurait préféré me descendre, mais il se trouvait trop engagé dans le coup avec moi, et puis l'argent passait avant tout. Peut-être était-il obligé d'aller jusqu'au bout de cette affaire quand bien même il m'en voulait à mort. Je considérai la chose : Non, ça ne collait pas, Slim était un Rital et tout. Il y avait plus de chances pour qu'il devienne fou de rage. C'était pas le genre de type à perdre son temps à réfléchir, dans un cas comme ça. Il chercherait à me descendre tout de suite, boulot ou pas boulot, fric ou pas fric.

Parce qu'il était bête, il était incapable de combiner son affaire comme moi, de façon à donner le change. Moi, je m'y entendais.

Je suivis Mount Royal Avenue et j'atteignis Charles Street juste à temps pour attraper un autobus qui me ramena à Baltimore Street. Je grimpai sur l'impériale et m'installai à l'avant. Il commençait à crachiner et les lumières des réverbères plaquaient d'informes taches jaunâtres sur la chaussée mouillée.

L'autobus escalada péniblement la colline du Belvedère et le receveur vint me coller sous le nez son petit piège à sous. Dans sa main on aurait dit un revolver. Dès qu'il fut parti, je m'adossai à mon siège et je recommençai à ruminer.

L'autobus tanguait et cahotait et je n'arrivais pas à me concentrer. Je décidai d'aller chez Max boire un verre tranquillement à une table pour réfléchir. C'était ce qu'il y avait de mieux à faire. Je chassai l'idée de demain de ma tête, et je contemplai les vitrines à travers le carreau. À Franklin Street une jolie femme d'environ quarante ans vint s'asseoir en face de moi. Je levai les yeux sur elle et à son tour elle me regarda. Et tout de suite, elle se détourna et regarda par la vitre. Mon nez plat.

« Va te faire coller, je me dis intérieurement. Je connais une fille deux fois plus belle que toi qui m'aime. »

Je descendis à Baltimore Street et je continuai à pied jusqu'à ce que j'aperçoive la flèche indiquant l'entrée de chez Max. Je descendis les quelques marches, j'entrai et je dis bonsoir à la petite du vestiaire. Puis j'allai m'asseoir à une table de coin. Quand le garçon s'amena, je commandai un whisky à l'eau de Seltz.

Je voulais réfléchir à la façon dont j'allais m'y prendre au juste pour tuer Slim.

11

Il fallait que je le tue. C'était le seul moyen de m'en sortir.

Il était là, cette espèce de grand métèque, entre Anna et moi, toujours en travers du chemin, toujours en train de tout gâcher entre nous. Sans lui, nous aurions été heureux tous les deux. Nous pouvions tout oublier, sauf nous deux.

Et il était venu se foutre en travers. Je ne pouvais rien souhaiter de mieux que ce qu'il avait lui-même manigancé.

Non, mais vous me voyez avec mon automatique 38 dans la main, en train de faire semblant de repousser une attaque au chiqué, avec le type que j'exécrais juste devant moi, attendant de se faire descendre ? On aurait pu croire qu'il aurait été assez malin pour se rendre compte qu'il faisait une belle cible. Eh bien non : Slim était con.

C'était du nouveau pour moi, ce bizness de zigouiller des bonshommes, mais je me présentais dans le coup avec des alibis en acier trempé. Eh oui, j'allais le tuer et les flics et l'Agence me féliciteraient avec de grandes claques dans le dos. Je serais considéré comme un foutu héros pour m'être débarrassé du type à qui j'en voulais à mort ! Merde alors, vous parlez d'une rigolade !

C'était comme si j'allais demander à un flic de coller un pruneau dans le bide à un type que je voulais liquider. J'avais la loi pour me seconder dans mes petites disputes personnelles. J'étais là assis, en train de faire tourner mon morceau de glace dans mon verre et je rigolais, je rigolais, je rigolais...

Mais, nom de Dieu, ce que Slim pouvait traîner comme couche ! Je n'en revenais pas. Il aurait dû se rendre compte qu'il se mettait à ma merci dans cette affaire.

Il avait su qu'avant j'aimais Anna et il aurait dû deviner que je l'aimais encore et que je la voulais pour moi seul. Mais ce grand couillon combine une histoire qui revient exactement à venir poliment me demander de le descendre.

Que voulez-vous, il avait confiance en moi. Il me connaissait depuis longtemps et j'avais toujours été régulier avec lui ; il savait qu'on pouvait compter sur moi. Je m'étais tenu du bon côté de la barricade et lui de l'autre, mais je ne l'avais jamais mouchardé et il l'avait apprécié. Il savait qu'il ne risquait rien avec moi quand il avait eu cette idée mirobolante de l'attentat contre le fourgon. Pour une idée, c'était une idée ! Je vidai mon verre et fis signe au garçon. Il portait un tablier plein de taches et avait besoin de se faire couper les cheveux.

— Un autre, du même, dis-je.

Derrière son bras, je vis Bertha qui entrait en secouant la pluie de son petit chapeau aux bords effrangés.

— Donnez-m'en deux autres, et dites à Bertha que je suis là.

Je le vis s'approcher de Bertha et lui parler. Elle me regarda et sourit. Elle faisait vioque, la pauvre. Je me demandai un moment quel âge elle avait, puis je donnai ma langue au chat. Elle pouvait avoir quinze ans ou soixante-quinze ans, c'est difficile à dire dans ce métier.

Je ne bougeai pas quand elle approcha une chaise. Elle avait l'air vanné.

— Quelle soirée ! fit-elle.

— Je t'ai commandé un whisky, lui dis-je. Qu'est-ce que tu deviens ?

Elle ne répondit pas. L'orchestre commença son tintamarre et elle tira un paquet de cigarettes de son long sac à main en verni noir. Je me penchai pour lui donner du feu. Elle tira quelques bouffées et s'affala sur sa chaise. Elle avait l'air complètement fourbue.

— Tu manges à ta faim, ces temps-ci ? lui demandai-je.

Elle porta sa longue main osseuse à sa bouche et aspira encore quelques bouffées.

— Parce que sans ça j'ai deux ou trois dollars qui ne font rien pour le moment.

J'étais presque obligé de hurler. L'orchestre noir martelait *I never had a chance* (« Foutu d'avance »). Elle secoua négativement la tête.

Le garçon apporta les whiskies ; elle avala le sien sans décoller le verre de ses lèvres.

— J'avais besoin de ça, dit-elle.

Je souris et approuvai d'un signe de tête. C'était plus facile que de faire la conversation.

La musique s'arrêta et un petit morveux aux cheveux huileux vint sur la piste annoncer quelque chose en rapport avec le programme. Une rangée de filles en culottes roses avec une bande jaune autour de la poitrine s'amenèrent et se mirent à trépigner une vague danse. Pas une seconde elles ne donnèrent l'impression de ne pas se préparer à aller à un enterrement une fois la danse terminée. Personne n'applaudit.

Une grande fille en robe du soir blanche leur succéda et chanta *For all we know* (« Autant qu'on sache »), avec une voix de roulette de dentiste.

— T'as l'air en forme, me dit Bertha. On dirait que t'as reçu la visite du père Noël.

— Je me sens bien, dis-je. Mais je voulais pas trop le laisser voir. C'est ce que j'ai bu qui me monte à la tête, ajoutai-je.

Je fis claquer mes doigts et le garçon revint. Je commandai deux autres whiskies. Puis deux autres encore. Bertha et moi nous restâmes assis là jusque vers une heure à picoler. Elle était passablement ronde.

Elle commençait à se laisser aller.

— Dis donc, Johnny, fit-elle.

— Qu'est-ce qu'il y a, mon petit ?

Je pensais qu'elle allait me taper de quelques dollars, mais au lieu de ça elle se mit à marmonner en essayant de me dire quelque chose, et voilà que tout d'un coup elle me sort :

— J'suis pas le genre à déblatérer sur les autres, mais je sais que tu voudrais que je te le dise. C'est à propos de Slade.

— Qu'est-ce qui se passe avec Slade ?

Elle se remit à marmonner. Me penchant à travers la table, j'empoignai son bras maigre et je la secouai.

— Qu'est-ce qu'il se passe avec Slade ? Qu'est-ce que tu sais sur lui ?

Elle dégagea son bras.

— T'as pas besoin de me démolir l'épaule, sans

blague! fit-elle. Je voulais seulement te dire qu'il est... enfin... il s'est mis en cheville avec une bande de durs depuis quelque temps. J'ai pensé que t'étais pas au courant et j'ai tenu à te le dire.

— Avec qui dis-tu qu'il s'est mis en cheville? Qu'est-ce que c'est que cette bande de durs?

— Je l'ai vu traîner avec des gars comme Woppy et le môme Dietz et tous ces petits voyous qui fréquentent l'Aurora. Paraîtrait que ces blancs-becs dévalisent les confiseries et les marchands de tabac et des endroits de ce genre. Tu ne vas pas laisser Slade traîner avec ces gars-là, Johnny?

— Je lui parlerai, je vais le dresser.

Elle sirota son whisky.

— Va pas lui raconter que c'est moi qui te l'ai dit, fit-elle. Ils me blairent déjà pas beaucoup dans cette bande et ils pourraient me faire la vie dure s'ils savaient que j'ai donné Slade.

— Je ne leur dirai rien.

— Faut que j'me tire, me dit-elle.

Elle se coiffa de son drôle de bibi et me regarda par dessous le bord effrangé.

— Dis-moi, euh... t'es pas libre ce soir, je suppose? fit-elle.

Elle me fixait de ses grands yeux noirs. Je la regardai et je compris ce qu'elle voulait. J'en fus malade. La seule idée de faire avec elle ce que je faisais avec Anna, même de savoir qu'elle m'aimait et Anna pas, ça n'arrangerait rien. Ça serait épouvantable.

— Oui, dis-je; je suis pris; plus tard.

Elle s'attarda un moment à tripoter son galure, puis elle se leva. Elle défroissa d'un revers de main le devant de sa pauvre robe. Elle sourit, me dit au revoir et s'éloigna. Sur le chemin de la maison je me faisais de la bile au sujet de Slade.

C'était plutôt marrant quand j'y repense. Je projetais de buter un type le lendemain, en fait deux, parce que je devais aussi supprimer Mickey – et j'étais là à me tracasser à cause que mon petit frère s'était abouché avec une bande de gouapes.

III

La première chose que j'entendis le lendemain matin en me réveillant fut le bruit de la pluie sur le toit en zinc au-dessus de ma chambre. Je restai une minute allongé sans bouger, écoutant le glouglou de l'eau dans la gouttière devant ma fenêtre.

— C'est pour aujourd'hui, me dis-je, samedi. Aujourd'hui à midi.

Je sortis du lit et j'allai à la fenêtre. Il pleuvait dru et le vent véhiculait les gouttes presque horizontalement. En bas dans la rue, je vis une vieille femme traverser pour aller à l'épicerie du coin. Elle se courbait contre le vent et sa jupe complètement trempée lui moulait la jambe.

En m'habillant, il me vint brusquement à l'idée que si cette pluie persistait, Bailey pourrait décommander son rendez-vous à la plage. Ce n'était pas un temps à aller passer le week-end dans une bicoque de quatre mètres carrés au bord de l'eau. J'avais passé ma chemise et une jambe de mon pantalon quand cette idée me vint. Sans attendre pour enfiler l'autre jambe, je retournai à la fenêtre et j'examinai le ciel pour tâcher de découvrir une éclaircie dans les nuages. Il n'y en avait pas. Le ciel était d'un gris compact et le vent soufflait en violentes rafales. Chaque fois qu'un coup de vent s'engouffrait dans la rue il paraissait un peu plus violent que le précédent.

Je m'assis sur le bord du lit en me demandant ce que j'allais faire. Il y avait peu de chances que Bailey aille au bord de la mer aujourd'hui, et autant dire que nos projets étaient foutus. Ou peut-être pas ? Est-ce que Slim n'essayerait pas de faire le coup même avec Bailey ?

Je descendis et j'essayai d'avaler mon petit déjeuner. Slade était déjà à table et j'aurais voulu lui dire que je n'avais pas envie de le voir traîner avec Woppy et sa bande de m'as-tu-vu, mais Man était là et je ne voulais pas la tracasser, si bien que je la bouclai. Je mangeai un bol de porridge qui faillit m'étouffer. Jusque-là, l'idée de l'attentat ne m'avait pas beaucoup agité, mais ce matin j'avais dans l'estomac une boule de plomb qui grossissait de plus en plus. Je bus un peu de café et je mordis dans un toast.

— M'a tout l'air d'être partie pour la journée, cette pluie, dit Man.

— Ouais, je lui dis, pour faire vilain, ça fait vilain.

Slade ne disait pas grand-chose. Il continuait de picorer son porridge comme s'il n'avait pas eu faim non plus.

— Qu'est-ce que tu as ? lui demandai-je. Pourquoi tu ne manges pas ?

Il repoussa son assiette et se leva.

— P... p... l'am... m... mour de Dieu, dit-il, quand vas-tu tu tu f... f... finir de m'traiter comme un b... b... b... bébé ? Et si j'v... v... veux pas déjeu... eu... eu... ner, m... m... m... moi ?

Man intervint et nous calma. Slade alla dans l'entrée ramasser le journal.

— P... p... pluie aujourd'hui et dem... m... main, nous cria-t-il.

Évidemment, il allait pleuvoir aujourd'hui. Il avait pas plu de tout l'été pour ainsi dire et juste le jour où tout dépendait du beau temps il fallait que ça tombe à seaux. Je finis mon café et j'allai décrocher mon imperméable dans l'entrée.

— Tu vas en ville ? demandai-je à Slade. Je descends avec toi.

— Hymie m... m... m'a dit qu'il avait p... p... pas b... b... b... besoin de moi avant m... m... midi, répondit Slade. J... j... je vais rester ici j... j... j... jusqu'à onze heures.

— Tu ne risques pas d'attraper une hernie. Je voudrais bien avoir un boulot comme ça.

Dehors, ça empirait. En ouvrant la porte de la maison je pris une trombe d'eau en pleine poire, comme si on m'avait envoyé un seau à la figure. Enfonçant ma tête dans mes épaules, je gagnai l'arrêt du tram. Sous le bas de l'imperméable, mes jambes étaient trempées au bout de trois pas.

Je me mis sous l'auvent d'une cordonnerie en attendant mon tram. Le premier qui s'amena était bondé et le receveur ne voulut pas m'ouvrir, malgré les grands coups de poing que je donnai dans la porte.

Je regagnai l'auvent en marmonnant des injures.

J'étais crispé et je frissonnais. J'allais assassiner un type à une heure et un petit con de receveur m'empêchait de monter dans son tram. Je me sentais un besoin d'agir, de frapper quelqu'un ou de casser quelque chose, n'importe quoi, plutôt que de rester là planté à attendre les événements.

Une autre voiture arriva et je me hissai à la force des poignets sur la plate-forme arrière. J'étais coincé entre un petit Juif bedonnant vêtu d'un ciré noir et un nègre en bleu de travail. Je dus passer mon bras pardessus l'épaule du petit Juif pour glisser ma pièce au receveur. J'attendais qu'il râle pour avoir l'occasion de m'engueuler avec lui.

Le tram mit des heures pour aller dans le centre. À chaque arrêt quelqu'un voulait descendre et me bousculait en m'écrasant les pieds. Au carrefour de Light et de Cross Streets, un grand type m'enfonça son coude dans la poitrine et me repoussa violemment sur le nègre.

— Dis donc, eh lourdingue, te gêne pas ! lui dis-je.

Il se retourna vers moi, l'air salement mauvais, mais la vue de mon nez le calma.

— C'est bondé, fit-il.

Il grimaça un sourire et se fraya un chemin vers la sortie.

Nous fûmes ballottés tout le long de Light Street, devant le ponton des bateaux de plaisance où grouillaient camions, nègres, taxis et porteurs en blouses blanches. Ça n'avait pas l'air d'avancer du tout. Il me sembla qu'on mettait une heure pour atteindre Pratt Street, à l'autre bout du quai. Je devenais cinglé, à rester là coincé entre le Juif en ciré et le nègre en bleu.

Au bout d'un long moment, le tram se dégagea des embouteillages et suivit la voie du chemin de fer. Je descendis à Baltimore Street et j'entrai chez Thomas et Thomson. J'avais besoin d'un bromure à l'eau de Seltz pour me calmer et pour arrêter les effets de ma gueule de bois.

J'étais près des robinets à pression quand Bertha entra.

— Tu ne dors donc jamais ? lui demandai-je.

— Eh bien, et toi ? dit-elle. J'ai comme une vague impression qu'hier soir t'étais pas rentré avant le couvre-feu.

— Je suis rentré me coucher en te quittant.

— On ne dirait pas. Tu fais une tête comme si tu venais de voir ta grand-mère en train de conduire un taxi.

Je bus mon bromo. Les bulles d'air me piquaient le nez ; je sortis mon mouchoir et m'essuyai la lèvre supérieure. J'eus beau faire, mais je ne pus m'empêcher de lâcher un rot.

— Ah ! dit Bertha, du bromure à l'eau de Seltz avant le petit déjeuner. Mauvais signe ça, Johnny.

Non mais vous vous rendez compte ! j'avais un type à tuer et j'étais là en train de discuter pharmacie avec une putain.

Dehors il pleuvait des hallebardes. Les gens couraient sous leurs parapluies, en regardant leurs pieds. Les taxis montaient et descendaient Baltimore Street dans un cliquetis de chaînes sur le pavé mouillé. Les flics avaient leurs cirés blancs et se recroquevillaient sous la pluie. Parlez d'une saloperie de journée !

Je sortis de la pharmacie et l'eau se mit à tambouriner sur le bord de mon chapeau. Fourrant mes mains dans mes poches, arquant les épaules, je piquai un cent mètres. Je n'avais pas tourné le premier coin de rue que l'eau me dégoulinait dans le cou.

Je me précipitai dans l'immeuble et j'ôtai mon ciré. Peterson était à son bureau ; son crâne chauve reflétait la lumière des plafonniers allumés parce qu'il faisait si sombre.

— Bonjour Patron, dis-je. Il fait beau, hein ?

— Ah, il fait joli, oui, dit-il. Je me suis fait saucer en venant ce matin.

— Avec moi, ça en fait deux, je lui dis.

Je retournai au vestiaire et j'endossai mon uniforme en réfléchissant profondément. Je passai mon étui sous l'épaule gauche et je sortis le revolver. J'examinai le barillet. Elles étaient toutes là.

Je recollai le revolver dans l'étui et je lui dis :

— Tu as du travail pour moi ; tâche de ne pas me faire de vacheries.

Il n'y avait pas moyen que ça loupe. Il s'approcherait croyant que je m'apprêtais à encaisser une petite tape sur le citron. Je le voyais planté là, aussi imposant que l'immeuble de la Banque Fédérale. Je l'abattrais, après quoi je m'occuperais de Mickey. Mickey ne serait pas bien loin et il ne se méfierait pas. Ça serait du gâteau.

Bailey entra en sacrant contre le temps.

— C'est gai ! fit-il. J'ai du monde à la villa et il fait un temps à ne pas mettre un chien dehors. Parlez d'une saloperie de pays, quand même !

— Tu ne vas pas y aller, avec cette flotte ?

J'insistais pour être bien sûr qu'il se souviendrait de ce que j'avais dit, si besoin était.

— Il faut bien, Johnny. Ma femme y est déjà avec toute l'équipe, et j'ai promis d'arriver de bonne heure.

— Mais bon Dieu, qu'est-ce que tu veux foutre sur la plage par un temps pareil ?

— On peut jouer aux cartes, argua-t-il. Tu vas pas me laisser tomber maintenant, Johnny. T'as promis.

J'allai remplir un verre au réservoir d'eau fraîche et je bus un coup. Bailey pouvait m'être utile, chez Bliss, à midi. Trois revolvers valaient mieux que deux, en comptant Old Mac. Mais d'un côté, Slim avait dans l'idée d'assaisonner Bailey. Il y passait, ça ne faisait pas un pli. J'écrasai dans ma main le gobelet de carton et je le jetai dans la corbeille à papier.

— Si t'es assez fada pour aller passer ton week-end dans ta cabane à lapins, je ferai le boulot, dis-je.

Mac arriva avec Cohen, le chauffeur de la Numéro Deux. Chacun se mit à râler à propos du temps et cela dura jusqu'à l'heure du départ de la première livraison.

Nous fûmes retardés partout à cause du pavé gras. Je fis mon travail, ce matin-là, mais je serais incapable de dire comment. J'étais trop préoccupé à l'idée de ce qui allait se passer quand je verrais Slim devant l'usine Bliss.

À midi trente, le fourgon retourna au bureau charger la paie pour Bliss, elle tenait dans deux serviettes d'écolier. Peterson me les donna et je signai les reçus. Je les soupesai ; elles ne pesaient pas lourd. Bailey jeta sa cigarette et nous ressortîmes tous trois. Je grimpai derrière avec Old Mac, et Bailey démarra et tourna au premier coin de rue.

— J'aime pas ça, répétait Old Mac. Je regrette que ça se soit arrangé comme ça.

— Que diable veux-tu qu'il arrive ? lui demandai-je. Tu me fais mal au ventre à force de t'entendre rouscailler.

Bailey fit encore quelques détours, puis stoppa. Il vint par derrière ouvrir la porte.

— Ça va, fit-il. Tu peux y aller. Merci encore, Johnny. Je te revaudrai ça.

Je contournai le fourgon en pataugeant dans la boue pour aller m'asseoir devant. Il pleuvait toujours autant et l'essuie-glace allait et venait sans répit. Bailey passa la tête par la portière.

— C'est un changement de vitesse standard, dit-il. T'as pas à t'en faire. Freine pas trop à fond. C'est humide et ça grippe un peu.

— Amuse-toi bien, je dis.

Il claqua la porte et je passai en première. J'embrayai et desserrai le frein à main. La voiture démarra ; je vis dans le rétroviseur Bailey regagner le trottoir. Il me fit un petit signe de la main.

— Tiens-toi bien, dis-je au bouchon de radiateur. On va faire une virée.

CHAPITRE VI

Ma montre-bracelet marquait une heure quatre quand je m'engageai dans l'allée de mâchefer qui menait à l'usine Bliss, à un demi-mille de là.

Je n'avais pas vu la moindre trace du tacot avec les plaques de Floride dans le rétroviseur. Peut-être avaient-ils décidé de laisser tomber à cause du temps. Ou peut-être nous attendaient-ils sur place.

Old Mac ne m'avait pas signalé que nous étions suivis, mais ça ne voulait rien dire. Il oubliait régulièrement de surveiller la route par le panneau arrière. Il avait déjà assez à faire pour essayer de se maintenir sur le strapontin. La piste cendrée était étroite et tout en virages. Les roues faisaient gicler l'eau des grandes flaques. Ça continuait à tomber à verse.

Devant moi, j'aperçus le bâtiment de briques. Il y avait trois grandes cheminées dont l'une dégorgeait une épaisse fumée noire. Toujours pas de tacot. Il n'en était peut-être plus question. Peut-être n'aurais-je pas l'occasion de descendre Slim, de liquider ce gros métèque une fois pour toutes. Tout ça, c'était peut-être des visions d'opium? Peut-être qu'Anna et moi nous n'aurions jamais une chance d'être ensemble sans être obligés d'épier le bruit de ses pas dans l'escalier.

Nous pénétrâmes dans une large cour, devant le bâtiment de l'usine. J'examinai les environs, mais je ne vis rien qui ressemblât à la voiture que Slim était censé utiliser.

Je débrayai et le fourgon roula jusqu'au porche du bureau du payeur. Je coupai le contact et quand le moteur eut cessé de tourner, je passai en marche arrière et j'embrayai au lieu de tirer le frein à main.

Je sortis de la voiture et sautai sur le mâchefer détrempé. Je regardai autour de moi et je ne vis rien. Tout était foutu. Mon cœur faisait pan, pan, pan! Un ouvrier en salopette se tenait près de la porte de l'usine; quand il vit le camion il fit demi-tour et alla prendre la queue pour se faire payer.

En pataugeant, j'allai ouvrir la porte à Old Mac. Il sauta à terre et se trotta jusqu'à l'entrée de l'usine. Là, il se planta sur le pas de la porte, juste hors d'atteinte des gouttières qui pissaient l'eau. Je jetai un coup d'œil circulaire, mais toujours pas de tacot de Floride. Oh, et puis merde, je ne voulais pas prendre de risques. Tirant mon revolver de son étui, je le tins dans ma main droite. Ils n'arrivaient toujours pas, mais s'ils survenaient, ils ne me trouveraient pas en train de roupiller.

Je me penchai dans le fourgon et tirai à moi les deux serviettes de cuir. Je les posai au bord de la porte du camion. J'entendis un crissement de pneus sur le mâchefer derrière moi.

Je me redressai et me retournai.

C'était eux.

Parfait. Je claquai vivement la porte et j'entendis le verrou automatique se fermer. Maintenant, même s'ils avaient ma peau, ils étaient refaits. Mais ils ne m'auraient pas.

Slim avait sauté du vieux tacot et venait sur moi, mi-courant, mi-marchant. Un mouchoir blanc noué juste sous les yeux lui masquait le visage. Dans sa main droite, il tenait son gros revolver automatique noir. Il ne le tenait pas par le canon comme pour s'apprêter à me matraquer. Il le braquait sur moi.

Il le braquait sur moi. Et ses yeux se rapetissaient au-dessus du mouchoir.

Le sale métèque ! L'enfant de putain ! Il s'apprêtait à me tuer !

Je me souvins de mon revolver. J'écrasai la gâchette et j'attendis que Slim dégringole. Il ne se passa rien.

Tout commença à s'animer comme dans un film au ralenti. Les pieds de Slim qu'il levait et reposait en courant sur moi semblaient flotter en l'air.

De nouveau, je pressai la gâchette. Il ne se passa rien. Mon revolver était enrayé.

Je regardai Slim. Derrière lui, je voyais Mickey avec son mouchoir sur la figure qui sortait une jambe du tacot. Pendant que je regardais, Mickey sauta à terre et courut sur le mâchefer mouillé vers la porte où se tenait Mac.

Je savais que Slim allait me bousiller et cependant je restais planté là à regarder. Je jetai un coup d'œil vers la bagnole. Le type qui était au volant était un môme tout maigrelet qui avait le bas du visage masqué.

Mon regard se reporta sur Slim. Tout cela se passait toujours au ralenti. Tandis que je regardais, je vis une secousse agiter sa main et une flamme jaune apparut à la place du revolver. Quelque chose me heurta l'épaule, me faisant presque pivoter sur place.

J'appuyai encore une fois sur la gâchette. Mon revolver était enrayé, bon à rien. Je me retournai et je regardai les yeux de Slim, brillants et vifs, au-dessus du mouchoir. Il me sembla que je les regardais depuis des heures. Je voyais le mouchoir s'agiter devant sa bouche et je compris qu'il riait.

J'étais foutu. Mon revolver s'était enrayé, je venais d'être touché, et à tout moment j'allais y passer. Nez-Plat, le gros malin. Il avait tout prévu. Tout sauf un revolver qui s'enraye.

Je n'avais pas peur. J'étais seulement furieux d'avoir été trahi par un revolver qu'un quelconque pedzouille dans le Connecticut avait bâclé parce qu'il était pressé d'aller déjeuner. S'il n'y avait pas eu ce revolver enrayé, Slim serait allongé par terre et Anna et moi...

Quelque chose me pinça dans le gras de la cuisse droite. Je m'abattis, comme assommé. Je ne ressentais pas de douleur, simplement un engourdissement à l'endroit où les balles avaient touché mon épaule et ma jambe. J'étais par terre, la figure dans le mâchefer, attendant la troisième balle qui allait me finir. Je passai mes mains sous moi et je réussis à me soulever en dépit de mon épaule blessée, et à rouler sur le dos. Et tout d'un coup, je compris.

Tâtonnant avec ma main engourdie, je tirai fortement sur l'éjecteur. Mon épaule s'enflamma de douleur. Je n'y arriverais pas. Mais si cette douille saute, la suivante pourrait marcher.

Je pressai comme un fou sur ce bout d'acier. Levant les yeux, je vis Slim planté juste au-dessus de moi, prêt à tirer à nouveau. Ses yeux étaient toujours plissés, presque fermés et ses épaules étaient agitées de saccades. Il ricanait parce qu'il savait qu'il me tenait.

Eh bien, il l'avait mérité le gros métèque. Il avait été plus malin que moi. Je l'avais toujours pris pour un imbécile que j'allais mettre dans ma poche comme je le voudrais, et maintenant je me rendais compte qu'il avait toujours tout su et qu'il n'attendait qu'une occasion de me farcir de plomb. L'imbécile c'était moi. Et j'allais payer ma bêtise.

Ma main engourdie fit jouer le levier et je vis la cartouche défectueuse rouler sur le mâchefer. Appuyant la crosse du revolver sur le sol, je levai le canon en visant assez haut.

Slim, toujours planté là en train de rigoler, raidissait son bras.

Je tirai deux fois. Je n'entendis pas les détonations, mais je sentis la crosse écraser le mâchefer. Slim ne bougeait pas et riait toujours. Je tirai encore un coup.

Slim recula de deux pas et s'assit. Il s'assit en plein dans le mâchefer boueux et s'arc-bouta en arrière pour se redresser. Son automatique était tombé entre nous deux.

Je le surveillais.

Ses yeux étaient grands ouverts ; ils brillaient et soudain, pendant que je l'épiais, ils se ternirent. Il faisait des efforts pour que son menton ne s'abatte pas sur sa poitrine.

Brusquement, sa tête roula et il se recroquevilla sur une épaule, plongeant le visage dans le mâchefer comme un enfant s'enfouit dans son oreiller. Une jambe se détendit d'un coup sec, retroussant son pantalon et découvrant la peau au-dessus de sa chaussette noire.

Il eut encore un spasme et ne bougea plus.

Je détachai mon regard de lui pour regarder la porte de l'usine. Mickey reculait, s'éloignant d'Old Mac en tirant vers la porte. Je ne vis Old Mac nulle part; il devait être dans le couloir. Mickey me tournait le dos, alors je roulai sur le ventre et visai soigneusement.

Quand je tirai, Mickey tomba en avant sur les genoux comme s'il avait pris un coup de matraque sur les reins. Il me regarda par-dessus son épaule. Au-dessus du mouchoir, son visage bouffi me semblait bizarre, blanc comme il était maintenant, alors que je l'avais toujours vu écarlate.

— Salaud de vendu! brailla-t-il. (Sa voix était pointue, fluette.) Dieu te damne, Johnny, Johnny!

Old Mac sortit sur le porche et tira deux coups dans les tripes de Mickey toujours à genoux. Mickey s'abattit en avant. Dans sa chute, le mâchefer arracha son masque et lui déchira le nez et les lèvres.

Mac visa le tacot et tira. Je me demandais si Mac avait entendu Mickey m'appeler Johnny. Le tacot tourna brusquement dans la cour et partit en ferraillant sur la route. Un tas de types sortirent en courant de l'usine et se mirent à brailler en montrant le véhicule qui s'éloignait. Il ne s'arrêta pas et pas un seul de toute cette bande n'eut l'air de vouloir sauter dans une autre voiture pour le poursuivre.

Je commençais à avoir mal. Je laissai tomber ma tête sur mon bras valide. Mon épaule et ma jambe me faisaient beaucoup souffrir. Tout mon corps était engourdi à partir de la ceinture, à part le tison enflammé qui s'enfonçait dans ma cuisse. Mon épaule m'élançait mais pas autant que ma jambe.

Tout avait marché de travers. Nous nous étions tous trahis les uns les autres et maintenant Slim et Mickey étaient morts et moi je tournais de l'œil. Tout ça à cause d'Anna. Si, pour commencer, Anna n'avait jamais existé, personne ne m'aurait demandé de me mettre en cheville avec Slim. Ou si on me l'avait demandé, ça se serait très bien passé. Elle était responsable de tout ce gâchis.

Quelqu'un posa la main sur mon épaule blessée et essaya de me retourner. Je faillis m'évanouir sous la douleur.

— Foutez-moi la paix, grognai-je. Touchez pas à mon épaule.

J'entendis un gars qui disait :

— Il est vivant, ils l'ont pas eu.

Quelqu'un d'autre ajouta :

— Mince de tireur, ce gars-là. Il les a eus tous les deux. J'ai tout vu.

Ils me laissèrent tranquille pendant un bout de temps. J'étais content d'être étendu sans bouger sur le mâchefer mouillé. Ma jambe cessa de me faire mal et je me sentis comme une envie de dormir. J'espérais que Mickey et Slim étaient morts tous les deux. Si l'un des deux était en vie, tout le monde découvrirait que l'histoire était un coup monté. Peut-être que le gars qui s'était tiré dans le tacot mangerait le morceau de toute façon. Possible. Oh, et puis après ! J'avais une vache envie de dormir.

145

Je me souviens d'avoir été cahoté sur une espèce de civière et d'avoir entrevu en passant des lumières à un plafond en levant les yeux... Des gens discutaient autour de moi, mais je ne comprenais pas ce qu'ils disaient. Cependant j'étais lucide. Tout en brinqueballant sur la civière, je pensais à Anna, dans son kimono avec les perroquets rouges brodés dessus. À Anna et à la façon dont elle me pressait contre elle. À Anna et à ce regard qu'elle avait eu en se détournant de la fenêtre, en m'expliquant que la seule raison pour laquelle elle se donnait à moi c'était parce que j'étais grand et fort. À Anna et à Slim, aux « Jardins de Naples » un soir.

Mon épaule me fit mal et je fis : Ouh!!!

Slim était mort. Ça laissait Anna sans Slim. J'étais content de ça.

Sans Slim, Anna et moi nous serions tout le temps ensemble et je n'aurais plus à m'en aller de sa chambre. Tout le temps l'un près de l'autre. Nous n'aurions plus à épier les bruits de pas dans l'escalier en nous demandant s'il n'était pas arrivé une tuile et si Slim ne rentrait pas à l'improviste. Nous pourrions tout oublier, sauf nous deux.

— Ça sera chouette, je dis, chouette.

Un flic se pencha sur moi.

— Qu'est-ce que t'as dit, petit? Qu'est-ce que t'as dit?

— J'ai rien dit, répondis-je au flic. Ma jambe me fait mal.

— On va te soigner. On attend l'ambulance, maintenant. Tu t'en tireras très bien.

Je ne répondis pas. C'était un grand type à grosse

tête avec un visage presque aussi large que celui de Slim. Je me souvins de la tête de Slim, avec le mouchoir blanc sur son nez, vacillant et roulant pendant qu'il essayait de se redresser en s'arc-boutant sur ses mains tendues derrière son dos, dans le mâchefer.

Je me demandais si Slim, avant de claquer, avait cru m'avoir eu. Il avait dû penser que j'étais lessivé, car il était venu près de moi et s'était mis à rigoler. Ça avait dû lui faire du bien de me voir dégringoler. Tellement de bien qu'il en avait complètement oublié l'attentat et tout le reste, sauf que je l'avais trompé et qu'il m'avait tué.

Mais c'était lui le tétard. Je l'avais doublé deux fois, une fois avec Anna et une fois en ne mourant pas. Si mon revolver ne s'était pas enrayé j'aurais pu le descendre dès le moment où je l'avais vu, mais ma déveine n'avait pas duré longtemps et je m'en étais tiré avec les honneurs, en fin de compte.

J'entendis un tintement de cloche qui venait du dehors.

— C'est pour nous, mon petit gars, dit le flic.

Quand ils soulevèrent la civière, ça me fit mal dans tout le corps, très mal. Je m'agrippai au bord de la civière avec ma main valide. De chaque côté, des visages se penchaient sur moi.

J'entendis une voix qui disait très distinctement :

— Il est formidable, ce petit !

Ouais, j'étais formidable. J'étais vivant et Slim et Mickey étaient morts. Je devais être un type formidable.

La civière s'éleva et glissa dans l'ambulance. Un

type en blouse blanche me fit un large sourire. Je le lui rendis.

— Salut, Docteur, dis-je. Ils m'ont mis de la ferraille dans la viande.

La porte de l'ambulance claqua et la cloche se remit à sonner. Le gars en blouse blanche s'affaira autour de mon épaule. Il me faisait mal.

— C'est indispensable de me faire ça ? lui demandai-je.

— Un peu de patience, dit-il. Ça sera bientôt fini.

Le flic était de l'autre côté de la civière. Il demanda au docteur s'il pouvait me poser quelques questions ; le docteur lui dit : allez-y, mais pas trop pour le moment. Le flic me demanda mon nom et je lui donnai mon nom, mon âge et mon adresse.

— Ça te fatigue de parler, petit gars ? me demanda le flic.

Je secouai la tête.

— Parle-moi de l'attentat. Qu'est-ce qui s'est passé au juste ?

— Je suis sorti du fourgon et je les ai vus s'amener et commencer à tirer. J'ai été touché et j'en ai touché un et puis j'ai eu l'autre, c'est tout.

Je me sentais pris de nausées. Le flic avait un calepin et il écrivait dessus.

— Tu dis que tu as été touché le premier ? me demanda-t-il.

Je voulus répondre, mais je commençais à avoir mal au cœur. Je tournais la tête de l'autre côté et le docteur me tendit une cuvette.

— Vaut mieux attendre, dit-il au flic. Pour le moment, il n'est pas très vaillant.

C'était vrai. Tout commençait à se brouiller et à danser dans l'ambulance. Je fus pris d'une trouille noire. Peut-être qu'après tout je n'étais pas si malin que ça. Peut-être que les deux balles de Slim m'avaient eu. Peut-être que j'allais mourir.

Je fus effrayé et tentai de m'asseoir.

Le docteur me maintint couché en pesant d'une main sur mon épaule esquintée. La douleur fut si violente que je tombai dans les pommes.

CHAPITRE VII

À l'hôpital, une fois les balles extraites, je me sentis mieux. J'avais une chambre pour moi tout seul et, à part les rares moments où mon épaule et ma jambe me brûlaient, je somnolais la plupart du temps.

Des flics venaient et me faisaient raconter l'histoire sans arrêt. Des sergents, des lieutenants et deux ou trois capitaines. Un vrai défilé. Les inspecteurs se relayaient pour me questionner.

Ils savaient qu'il y avait quelque chose de louche, mais ils n'arrivaient pas à mettre le doigt dessus.

J'étais dans un sale pétrin. Je ne savais pas si Slim et Mickey étaient vraiment morts ou s'ils essayaient de m'avoir au flan. Peut-être qu'un des deux avait vécu assez longtemps pour se mettre à table. Peut-être Old Mac avait-il entendu ce que Mickey avait hurlé par-dessus son épaule, juste après que j'avais tiré sur lui, et peut-être avait-il compris le truc.

Un des poulets n'arrêtait pas de me poser la même question :

— Tu les connaissais, ces deux gars-là ? Tu les connaissais bien, n'est-ce pas ?

— Vous m'avez dit que c'était Slim Parsons et Mickey Beech, je répondais. Si c'étaient eux, je les connaissais tous les deux. Je connaissais Slim très bien ; mieux que Mickey.

— Tu allais souvent chez Slim, pas vrai ?

— Ouais. J'y allais assez souvent. J'avais beaucoup connu sa femme.

— On sait que tu avais beaucoup connu sa femme, disait le poulet. On a découvert tout ça.

Je jouai le type exaspéré :

— Écoutez ; vous avez dit ça d'un ton qui ne me plaît pas. Je connaissais cette femme et rien d'autre, comprenez-vous ? Un point, c'est tout.

— Un, hum ! dit le poulet, on sait tout ça.

— Qu'est-ce que vous cherchez donc, tous autant que vous êtes ? À me coller quelque chose sur le dos ?

— On essaie de savoir ce qui s'est passé, dit l'homme. C'est notre boulot.

— Eh bien, tout ce que je sais, c'est que j'ai encaissé des pruneaux, je ne sais pas si c'était Slim Parsons ou Mickey Beech ou qui vous voudrez, ils étaient masqués. Ils m'ont tiré dessus et ça me fait vachement mal, en plus. C'est tout ce que je sais.

Le poulet s'éloigna de mon lit et alla parler à un autre type derrière la porte. Celui-ci entra au bout d'un moment. C'était Flynn, le type qui était entré au Coo-Coo-Club il y avait des années de ça, quand Slim m'avait refilé le revolver sous la table.

— Bonjour, Johnny, dit Flynn, comment te sens-tu ?

— Pas mal.

— Tu iras mieux quand je t'aurai appris quelque chose. Ta bonne amie a mangé le morceau.

Il m'épiait, mais ne discerna rien sur mon visage

plat. C'est un des avantages d'avoir le nez aplati, peut-être bien. Difficile de lire quoi que ce soit sur une bouille amochée.

— Je ne comprends pas, dis-je. Quelle bonne amie ?

— Anna, répondit Flynn. Elle a parlé ; elle a vidé son sac.

— C'était la femme de Slim, dis-je à Flynn.

— Ouais, fit-il. Et aussi ta petite copine et elle nous a dit tout ce qu'elle savait.

Mon estomac était venu se loger entre mes dents, mais je m'arrangeai pour esquisser une espèce de sourire.

— Parfait ! Maintenant je ne vous aurai peut-être plus sur le dos toute la journée. Si elle vous a tout dit, vous ne viendrez plus me casser les pieds.

Bon Dieu ! Si Anna avait tout raconté aux flics !

Penché sur moi, Flynn continuait à m'observer.

— Ça, j'sais pas, Johnny. Il y a encore deux ou trois choses qui nous paraissent bizarres. Tout ça s'est trop bien passé.

— Trop bien passé ?

— Ouais, trop bien passé. Il y a un témoin qui t'a vu rester là à tripoter ton revolver pendant que Slim te tirait dessus. Comment ça se fait ?

— Nom de Dieu ! Je levai le bras en l'air, m'efforçant d'avoir l'air en rogne. Est-ce que je sais, moi ? Mon revolver était enrayé.

Flynn dit d'un ton insinuant :

— T'étais pas dans le coup, par hasard, Johnny ?

Je jouais les sarcastiques :

— Bien sûr, que j'étais dans le coup. J'avais tout

arrangé d'avance. Je voulais que ce type qui m'a esquinté me descende uniquement pour vous brouiller la piste. Je suis le génie du crime en personne, je vous dis !

— Allez, Johnny, accouche... dit-il. Sa voix était aussi suave que celle d'une mère parlant à son bébé malade. Tu peux t'éviter un tas d'ennuis.

Je lui ris au nez. Flynn était bien trop adroit pour essayer d'amener des types à se vendre en jouant la douceur. S'il avait eu des preuves, il ne serait pas venu essayer de m'endormir. Du moment qu'il prenait ce ton suave, je savais qu'il ne connaissait rien de l'affaire. À dater de ce moment, je sus qu'Anna n'avait pas parlé et que Slim et Mickey étaient morts. Les flics tâtaient le terrain et cherchaient à me posséder en me manœuvrant et en m'amenant à me couper.

— C'est tout de même marrant, dis-je en riant à Flynn, je tue deux bandits, je me fais percer comme une passoire et je sauve le fric de la paye. Et qu'est-ce qui arrive ? Eh bien, au lieu de faire de moi un héros, vous essayez de me faire passer pour un des bandits ou je ne sais quoi !

Flynn resta près de mon lit à me considérer. Il portait un chapeau mou en feutre marron, qui devait avoir plus de vingt ans. Durant une seconde, il ne répondit rien. Il continuait à me regarder. Mais je pouvais lui rendre son regard sans un frisson, sachant maintenant qu'il n'avait rien contre moi. Rien du tout, c'est-à-dire, à moins que le troisième type, celui qui conduisait le tacot se soit fait épingler, et encore, en admettant qu'il sache qui j'étais et que les autres l'aient mis au courant.

Je n'avais pas assez réfléchi à ce troisième type.

— Écoutez Flynn, dis-je, si vous avez besoin d'une arrestation, allez-y, embarquez-moi. Je ne suis qu'un garde qui touche 40 dollars par semaine. J'ai pas de quoi payer une caution. Si le capitaine tient absolument à pincer quelqu'un, allez-y, passez-moi les bracelets. Je m'en fous, au point où j'en suis.

Je fermai les yeux et je fis semblant d'être exténué. En fait, il n'en était rien. Personne ne peut affronter trois ou quatre flics qui se relayent sans risquer de se couper quelque part et je voulais pouvoir réfléchir à ce troisième type, à cette mince silhouette d'adolescent qui était resté au volant du tacot pendant que je bombardais Slim et Mickey. C'est qu'il prenait une sacrée importance, ce gars-là, maintenant. Je regrettais de ne pas avoir insisté pour savoir qui c'était, au lieu de m'en remettre à ce que m'avait dit Slim, que je le connaissais pas.

J'avais été verni jusqu'à présent et peut-être que ma veine continuerait. Anna ne l'avait pas ouverte et les deux types qui étaient au courant étaient morts. Il ne restait plus que le môme dans la course, maintenant. Peut-être que j'aurais la veine de passer au travers. Peut-être que ce gars-là ne savait rien, ou que, s'il savait, il aurait la trouille de parler. Ce n'était qu'un gosse ; selon moi, d'après ce que j'en avais vu pendant que Slim s'avançait sur moi, revolver en main.

Je rouvris les yeux et Flynn était toujours là à m'observer. Il haussa les épaules tout en se frottant le menton. Puis il eut une espèce de rire :

— Peut-être qu'on se trompe sur toi, Johnny, dit-il. Tu es peut-être le petit héros patenté qui se trouvait par hasard connaître les gars qu'ont essayé de t'avoir. Peut-être.

Il se frottait le menton, et j'entendais racler ses poils de barbe sur sa main, pendant qu'il me regardait.

— Peut-être, répéta-t-il. Je ne sais pas.

Il fit demi-tour et je poussai intérieurement un ouf de soulagement. Je savais que c'était le dernier flic que je voyais. Je savais que, à moins que quelqu'un ne parle, mon affaire était classée.

Les flics s'en allèrent et l'infirmière fit entrer Peterson. Le patron était accompagné d'un type que je n'avais jamais vu, un petit bonhomme avec des yeux en vrille. J'arrivais pas à le placer.

— Pas trop longtemps, monsieur Peterson, s'il vous plaît, dit l'infirmière.

— Bonjour, patron, dis-je.

C'était la première fois qu'on laissait entrer d'autres gens que les flics.

— Bonjour, Johnny, dit Peterson. Je vous présente M. Wylie, du siège central.

Je souris et saluai M. Wylie. Il me rendit mon salut d'une voix brève.

— M. Wylie est venu s'informer de cette affaire, dit Peterson.

Il s'installa sur la chaise près du lit et passa son mouchoir sur son crâne chauve. Au même moment, il se rappela que le type du siège central était toujours debout et sauta sur ses pieds pour offrir sa chaise à Wylie. J'ai idée qu'il devait se faire pas mal de bile pour sa situation. Laisser un fourgon partir avec seulement deux hommes à bord. Il avait toujours été chic avec moi et je tenais à lui rendre la pareille.

— Écoutez, monsieur Wylie, dis-je, M. Peterson, mon patron que voilà, ne savait absolument pas que l'équipe du camion n'était pas au complet. C'était un arrangement entre Bailey, Old Mac et moi.

— C'est ce que m'a dit Bailey, répliqua brièvement Wylie. Il m'a raconté comment et pourquoi vous lui aviez rendu ce service.

Il se mit à me questionner sur l'attentat, me demandant si j'avais été blessé grièvement et depuis combien de temps j'appartenais à l'agence et tous ces trucs-là. Mon épaule commençait à battre, mais je ne pouvais pas dire à un type du siège central de se débiner.

— Je suis navré d'avoir tué ces types-là, ces bandits, dis-je à Wylie, mais c'était eux ou moi. Et ils avaient voulu me faire croire qu'ils étaient mes amis, en plus ! Quand j'ai su qui ils étaient, je n'en suis pas revenu. Je ne m'étais jamais douté que c'étaient des types de ce genre.

— J'ai su cela, dit Wylie. Ignoble.

— Je sais que le règlement de l'Agence interdit de tirer, continuai-je, mais ils m'ont touché deux fois avant que je commence à tirer.

— Vous avez très bien fait, dit Peterson. La Compagnie estime que vous avez fait exactement ce qu'il y avait à faire, Johnny.

— Est-ce que cette histoire va porter préjudice à l'Agence ? demandai-je.

Je vis que cela faisait bonne impression sur Wylie. « J'espère que cet attentat ne nuira pas à l'Agence. »

Wylie bougonna vaguement que c'était de la bonne publicité d'avoir sauvé la paye et tout le reste.

— Mais qu'est-ce que la police voulait donc

savoir? me demanda-t-il. Il me semble qu'ils ont passé beaucoup de temps à vous interroger?

— Ils doivent envisager toutes les hypothèses. C'est leur travail d'aller au fond des choses. Ils ont agi comme s'ils pensaient que j'étais dans le coup ou quelque chose comme ça, dis-je en riant.

— Quelle bande d'imbéciles! éclata Wylie. Voilà un garçon qui se fait presque tuer et ils s'imaginent qu'il était de connivence. Ah, ils sont intelligents, ces policiers!

— Ils ont été assez corrects. Ils font leur boulot, c'est tout.

On parla un moment d'Old Mac, du fait qu'il n'avait pas été blessé et qu'il avait eu une veine de cocu, après quoi Wylie se leva.

— Quand vous sortirez de là nous vous trouverons une bonne place, dit-il, quelque chose de plus intéressant que de conduire un fourgon. Nous prendrons soin de vous.

— Merci, monsieur Wylie, dis-je, c'est chic de votre part.

Man vint me voir dès qu'on le lui permit. Elle avait une peur mortelle, mais je la blaguai et quand elle sut que ma situation allait s'améliorer elle se tranquillisa. Elle m'annonça que Slade viendrait me voir le soir même. Je voulais justement voir Slade pour lui dire de ne plus traîner avec Woppy et sa bande.

Le môme vint pendant les heures de visite. Man était restée à la maison. Il paraissait encore plus effrayé que Man et son bégaiement était tel que j'avais du mal à comprendre ce qu'il disait.

— Est-c c cce que les b b b balles te font m m m

mal ? il n'arrêtait pas de demander. Les b b b b balles doivent te ff f ffaire m m m mal.

— Ça fait un peu mal, maintenant moins qu'avant. Je m'en tirerai très bien.

— Didididis donc Johnny !

— Qu'est-ce qu'il y a, petit, demandai-je.

Il était assis sur une chaise près de mon lit, et tournait et retournait son chapeau entre ses mains. Il se pencha plus près.

— C c c c c c'était m m m moi l'autre t t t t type !

— Quel autre type ?

Brusquement, je compris. Les petits yeux de ce môme au regard oblique au volant du vieux tacot. Maintenant, en regardant Slade, je le revoyais avec un mouchoir sous les yeux, courbé sur le volant. Je crus que j'allais vomir.

— Tais-toi, dis-je. Ne parle plus jamais de ça.

— C'est v v vrai !

— Boucle-la, je te dis !

Allongé là dans mon lit, je comprenais exactement ce que Slim avait projeté. Il avait fait travailler Slade chez un de ses copains, d'abord sans penser à mal, mais, quand il avait cherché un moyen de me faire une vacherie, il s'était servi de mon frangin.

Comme s'il me l'avait dit lui-même, je voyais comment il avait manigancé toute l'histoire. Il avait sondé Slade et lui avait bourré le mou, lui racontant qu'il pourrait devenir un caïd et qu'il lui offrait une chance de montrer qu'il était quelqu'un. Slim ne lui dit pas exactement de quel genre de travail il s'agissait. Il l'embarqua simplement avec lui.

Slade était censé faire le guet et me voir descendre

par Slim et ensuite, après l'attentat – tandis qu'il serait assis là au volant, sans arme –, Slim avait combiné de lui régler son compte et de l'abandonner dans le vieux tacot. Vous pigez ? Les deux frères dans le coup. Brusquement, je fus pris d'une fureur noire. Ce nom de Dieu de Slim ! J'étais content de l'avoir tué.

Je me remis à penser à Anna. À sa large bouche et à son déhanchement indolent, suggestif. À sa façon d'étirer ses longs bras au-dessus de sa tête et de détendre son corps en un long frisson après l'amour. À la façon dont ses mèches de cheveux venaient lui cacher un œil, et à la courbe de son cou à la naissance de l'épaule.

Etendu là dans un lit d'hôpital sans être même capable de bouger, j'avais envie d'être avec Anna. Tout de suite. Mon désir devint si fort que je dus me mordre la lèvre pour m'empêcher de grogner. C'était terrible.

J'avais rigolé au récit d'histoires de drogués et du martyre qu'ils enduraient pour se débarrasser de leur manie, mais j'étais plus possédé qu'eux. Ça devait leur être plus facile parce que j'avais vu des drogués complètement guéris tandis que moi je n'arrivais pas à me désintoxiquer. Ma passion était toujours en moi, toujours aussi lancinante.

Aussi longtemps que je vivrais, elle serait là.

CHAPITRE VIII

I

J'avais une épaule esquintée et je boitais en sortant de l'hôpital. Ils me dirent que l'épaule pourrait s'arranger mais que je boiterais toujours. Je tirais la patte, pas trop, mais assez pour m'empêcher de jamais remonter sur le ring.

Wylie tint la promesse qu'il m'avait faite à l'hôpital. Peterson avait été déplacé dans une autre ville et je fus nommé à son poste, aux appointements de 60 dollars par semaine. C'était du reste un filon. La plupart du temps je restais assis dans mon bureau à vérifier les bons de sortie et d'entrée et à établir les horaires. De temps à autre, j'allais rendre visite à nos clients et je touchais leurs chèques en règlement de nos factures.

Pendant un bout de temps, je fus la curiosité de la ville. Partout où j'allais, j'entendais des types dire à d'autres que j'étais le garde qui avait démoli deux bandits. Les journaux avaient pris des photos de moi à l'hôpital et mon nez plat s'était étalé à la première page de presque tous les journaux de la ville.

Dès que je fus rentré à la maison, je fis monter Slade dans ma chambre et je lui fis raconter toute son histoire. Je finis par lui tirer les vers du nez et c'était exactement ce que j'avais pensé. On lui avait bourré le crâne avec des conneries, entre autres que Slim était plus fortiche qu'Al Capone, et tous les morveux avec qui Slade passait son temps considéraient Slim comme leur Dieu. Et puis, la veille de l'attentat, Slim l'avait choisi parmi toute cette bande de gouapes et lui avait dit qu'il avait besoin d'un petit gars décidé pour un petit travail. Slim lui avait raconté des salades comme quoi il ferait de lui un caïd, s'il avait de l'estomac, et l'avait si bien embobiné que Slade n'aurait pas hésité à cambrioler la Monnaie pour prouver qu'il en avait dans le ventre.

Il n'avait rien su de sa destination ce jour-là, me dit-il, et quand il m'avait vu sortir du fourgon, il était resté figé sur place. Tout s'était passé là, sous ses yeux, sans qu'il puisse seulement remuer le petit doigt. Il aurait voulu gueuler ou me porter secours d'une manière ou d'une autre, mais il était pétrifié. Quand je m'étais écroulé, après la deuxième balle de Slim, il m'avait cru mort. Il était resté là, paralysé, jusqu'à ce qu'Old Mac commence à l'arroser. Alors il s'était ressaisi et s'était débiné avec le tacot.

Il me dit qu'il avait foutu la voiture dans un fossé après avoir fait sept ou huit milles sur des petits chemins de campagne. Après quoi il avait marché jusqu'à ce qu'il tombe sur une ligne de tramway. De là, il était rentré à la maison. Il avait cru devenir fou en se demandant si j'étais mort, jusqu'à ce que Man ait été prévenue que j'avais été mitraillé, mais pas tué. Il avait passé de sales moments à piétiner dans la maison avant que la nouvelle parvienne à Man, en se demandant ce qui était arrivé et en s'attendant à chaque instant à ce qu'on sonne à la porte et qu'on l'embarque.

— Oublions tout ça, dis-je à Slade quand il eut terminé.

Les larmes ruisselaient sur son visage long et fin.

— C'est fini ; personne ne sait que tu as trempé dans cette histoire. Ne lâche jamais un mot de ça à qui que ce soit. Laisse tomber ta bande de cloches et ne touche pas à l'alcool.

J'ai idée qu'il avait envie de se débarrasser de tout ce qu'il avait sur le cœur d'un seul coup. En tout cas, il se mit à me raconter comment, avec sa bande de demi-sels, ils avaient dévalisé deux épiceries de Baltimore Street et un poste d'essence dans North Avenue. Ça datait de l'époque où il me racontait qu'il gagnait son fric en pariant d'après les tuyaux de Hymie.

— Pense plus à ça, je dis. Tiens-toi peinard à partir de maintenant et ça se passera très bien.

Il se le tint pour dit, car il avait une trouille verte de se faire boucler. Il lâcha son boulot chez Hymie et s'arrangea pour trouver un emploi dans un garage. Il ne gagnait pas autant, mais ça valait mieux pour lui de rester à l'écart de tous ces pirates qui prenaient le bureau de Hymie pour une cabine de téléphone gratuite. Il commença à suivre des cours du soir pour apprendre à être mécanicien, à moins que ce ne soit des cours de dessin industriel qu'il suivait... De toute façon, il se conduisait bien.

Dans un sens, j'étais plutôt content que ce soit Slade qui ait conduit le tacot.

Slade ne savait pas que j'étais dans le coup et maintenant je n'avais plus à craindre que le troisième type l'ouvre. Toutes mes difficultés s'étaient aplanies.

Pendant quelque temps, je m'abstins de voir Anna. Je me disais que Flynn, même s'il connaissait la nature de mes relations avec Anna avant l'attentat, pourrait trouver drôle que je revienne tourner autour d'elle tout de suite.

Et je ne voulais rien faire qui puisse amener les poulets à s'occuper de nouveau de moi. J'étais bien parti et je voulais que ça continue.

C'est une quinzaine de jours après ma sortie de l'hôpital, un peu après la Toussaint, qu'elle me téléphona au bureau. L'appareil sonna, je décrochai.

— Allo, dis-je.

Il y avait un bourdonnement sur la ligne.

— Allo, oui, répétai-je.

— Allo, Johnny, dit Anna.

Sa voix était sourde et sans intonation. Je me sentis envahi de chaleur en entendant cette voix.

— Oh! Allo, allo, Anna.

Le bourdonnement reprit durant quelques secondes sur la ligne.

— Comment vas-tu Anna? Il n'y avait personne dans le bureau et je pouvais prononcer son nom. Tu vas bien?

— Il faut que je te voie, Johnny.

— Tu crois que ça risque rien? Ce n'est pas trop tôt, tu es sûre?

— Pourquoi donc? Tu n'as pas peur de me voir, je suppose?

— C'est à toi que je pense. Je ne tiens pas à t'attirer des histoires.

Le bourdonnement recommença.

— T'occupe pas de moi, dit-elle. Tu n'as pas besoin de te faire de mauvais sang pour moi.

— Quand veux-tu me voir ? lui demandai-je.

— Ce soir.

— Chez toi ?

J'avais un sous-main devant moi et tout en lui parlant j'écrivais anna, anna, anna sur le buvard avec un long crayon jaune.

— J'ai déménagé, dit-elle. J'habite la 36e Rue maintenant. Elle me donna le numéro.

— J'ai besoin de te voir, dis-je ; je veux tout t'expliquer. Ce qui s'est vraiment passé. J'ai déjà essayé de te voir avant, mais j'avais toujours les flics sur le dos.

— Tu n'as rien à m'expliquer, me dit-elle. Je sais ce qui s'est passé.

Quand elle eut raccroché, je restai assis devant mon bureau à fixer le sous-main où j'avais écrit son nom. Arrachant le buvard, je le déchirai et le jetai au panier. J'aurais voulu pouvoir faire la même chose avec mon désir d'elle. Ç'aurait été agréable de pouvoir faire ça.

L'endroit où elle logeait maintenant était un petit trou sombre au second. Elle vint m'ouvrir. Au lieu de me passer ses bras autour du cou, comme elle l'avait fait à l'appartement de Cathedral Street avant l'attentat, elle se détourna aussitôt la porte ouverte et s'éloigna à l'autre bout de la pièce.

J'entrai en boitillant et je m'assis sur la chaise la plus proche de la porte. Elle avait conservé son mobilier mais il paraissait différent, entassé dans ces pièces sombres. La fenêtre en face de la porte donnait sur une courette et la lumière de la pièce éclairait un escalier de secours.

Je ne dis rien pendant qu'Anna se tenait près de la fenêtre à regarder dans la cour sombre. Finalement elle se retourna et se dirigea vers la table qui était autrefois ornée d'un pot de lierre. Elle prit une cigarette dans la boîte en argent et l'alluma. Cela fait, elle se laissa tomber sur le divan, se cala sur les coussins et lança des bouffées de fumée au plafond.

— Ça a vachement mal tourné, hein? dit-elle. Parlez d'un gâchis!

— Ouais tout a foiré.

— Il était au courant... de nous deux, dit-elle, en fixant toujours le plafond. Il a tout découvert.

— Je m'en suis aperçu. Il a essayé de me descendre sans me laisser une chance de me défendre.

— Il m'aurait tuée aussi, si tu ne lui avais pas fait son affaire.

Je ne dis rien, Anna ne ressemblait plus à Anna. Cette affaire l'avait terriblement secouée, à mon idée, et il lui faudrait quelque temps pour s'en remettre. Elle restait immobile, portant seulement sa cigarette à ses lèvres et la retirant pour souffler la fumée au plafond. Elle tirait dessus régulièrement, comme un automate.

— Je n'ai pas pu faire autrement, Anna, dis-je. J'ai encaissé deux balles avant d'avoir le temps de sortir mon feu.

— Je sais, dit-elle.

— Et après ça il a fallu que je liquide Mickey.

Elle fixait toujours le plafond.

— Mickey, dit-elle. Lui. Ah!

Elle se foutait pas mal de Mickey mais je savais qu'elle aurait voulu que Slim soit encore vivant. Pas parce qu'elle l'avait aimé, mais parce qu'il l'avait toujours bien traitée et lui avait toujours donné tout ce qu'il fallait. Maintenant que Slim n'était plus là, ça changeait. Fini les robes neuves, les bas de soie, les chaussures. Je savais ce qui lui faisait regretter la mort de Slim. Je le savais aussi sûrement que si elle me l'avait dit.

— Je m'occuperai de toi, je lui promis ; tu ne manqueras de rien.

Elle ne me répondit pas ; elle continua d'envoyer de la fumée au plafond sale, parsemé de chiures de mouches.

— Je te donnerai tout ce qu'il te faut. Anna. J'ai une bonne place maintenant. Tu seras bien.

— Il faut que quelqu'un m'aide, fit-elle. Je n'ai plus un rond. Le loyer n'est pas payé. Je n'ai plus rien à me mettre. Je ne peux plus rester dans ce taudis.

— J'arrangerai ça, lui dis-je.

Je me levai et je traversai la pièce en boitillant. Elle détourna ses yeux du plafond pour me regarder venir vers elle. Je m'assis à côté d'elle sur le divan et je passai mon bras autour de ses épaules. Elle se laissa aller contre moi en baissant la tête. Ses cheveux vinrent s'écraser contre ma joue, chatouillant mon nez plat.

— Maintenant, dis-je, on peut rester ensemble tout le temps. Nous n'avons plus à nous inquiéter d'être découverts.

Elle ne répondit pas.

— Je vais te trouver un appartement convenable ; quelque chose de mieux que celui de Cathedral Street.

Pour moi, je n'ai pas besoin de beaucoup de pognon. Je te donnerai tout le reste.

Et puis je lui dis, en tâchant de ne pas avoir l'air trop larmoyant :

— Je veux te voir heureuse, Anna. Je t'aime, Anna.

Elle enfouit son visage dans ma veste.

— Je t'aime Johnny, murmura-t-elle.

C'était la première fois qu'elle me disait ça. Même quand nous nous étions trouvés ensemble, à moitié fous de passion tous les deux, elle ne me l'avait jamais dit. Maintenant, sans que je l'embrasse, elle le murmurait dans ma veste.

Ça faisait longtemps que j'avais souhaité entendre ça de sa bouche et maintenant qu'enfin je l'entendais, ça n'était plus que des mots, une phrase plate, sans résonance qui me tombait dans l'oreille comme si elle m'avait dit qu'il pleuvait. Je ne comprenais pas ce qui clochait. Peut-être que cette histoire avec Slim m'avait transformé intérieurement. Je la désirais toujours autant qu'avant l'attentat, mais si à ce moment-là elle m'avait dit qu'elle m'aimait, j'aurais été heureux. J'aurais été complètement satisfait, comblé.

Maintenant, je ne ressentais rien de spécial. Je n'étais pas plus heureux que si elle ne m'avait rien dit.

Je lui redressai la tête et je l'embrassai fort en m'efforçant de trouver la sensation qu'auraient dû me procurer ses paroles. Je lui caressai les épaules et les bras, et j'entendis son souffle se précipiter. Je la sentais s'exciter et j'attendais que l'évidence de son amour pour moi pénètre ce sentiment que je portais en moi comme un enfant mort. Cela ne vint pas. Même par la suite, quand je la tins serrée fort contre moi, je n'y trouvai rien de plus qu'auparavant.

Une fois, elle m'avait dit qu'avec Slim elle avait l'impression d'être roulée. C'est ce que je ressentais, maintenant. Elle tirait son plaisir de savoir que je l'aimais, que je me donnais entièrement à elle. Jusque-là, il m'avait suffi de savoir qu'elle était à moi. Maintenant que je m'étais débarrassé de Slim et que plus rien ne pouvait se mettre entre nous, la première chose qui me vint à l'esprit fut que c'était elle, et pas moi, qui tirait tout l'avantage de la situation. Et je m'estimais lésé.

Au bout d'un moment je me levai et regagnai en boitillant la chaise où je m'étais d'abord assis en entrant. Elle était affalée sur le divan, une mèche couvrant à demi ses yeux fermés.

— Cherche-toi un autre appartement demain, lui dis-je. Ce que tu choisiras sera parfait pour moi.

— On va être heureux ensemble, n'est-ce pas Johnny ? Elle gardait les yeux clos en parlant. On se paiera du bon temps là-bas, hein Johnny ?

— Bien sûr, dis-je, on sera heureux, n'aie crainte.

Dehors, quelqu'un montait l'escalier. J'écoutais, tout mon corps subitement tendu, comme avant, quand Slim était encore vivant et qu'Anna et moi nous entendions quelqu'un monter l'escalier de Cathedral Street. Je tournai les yeux vers le divan. Elle s'était redressée et se penchait en avant, les narines grandes ouvertes, les yeux épiant la porte.

— Il est mort, dis-je.

Elle se souvint et se renversa sur le divan. Je boitillai jusqu'à la table, pris une cigarette et la lui tendis.

— Il faut bien se mettre dans la tête qu'il est mort, dis-je. Sinon ça ne sera pas mieux qu'avant.

Les pas dépassèrent la porte et attaquèrent le troisième étage.

— Tu vois.

— Je me souviendrai qu'il n'est plus là, me dit-elle. D'ici quelque temps ça ira mieux, tu ne crois pas ?

— Bien sûr, faut le temps de s'habituer.

Je fis craquer une allumette et je lui donnai du feu. Ses doigts tremblaient.

— Il est parti pour de bon, dis-je. On n'a plus rien à craindre.

Elle me fit un sourire contraint et dit :

— On va être heureux, hein Johnny ? Chez nous, ça sera amusant, dis ?

De nouveau, je regagnai ma chaise à petits pas. Fouillant dans ma poche, j'en tirai l'argent que j'avais sur moi. Il y avait trente-huit dollars et de la petite monnaie. Je gardai deux dollars et je fis une petite liasse du reste.

— Tu as besoin de t'acheter des vêtements, dis-je. Tiens, voilà un peu d'argent pour commencer. Trouve-toi un appartement demain et téléphone-moi pour me dire où c'est. Je paierai le loyer et le reste.

Je mis l'argent sur la table. Ses yeux brillèrent à la vue de la liasse de billets, puis elle me regarda.

— Merci Johnny. Je n'aurai pas besoin de beaucoup.

Je me levai et me disposai à partir. Elle se leva du divan et s'approcha de moi. Après m'avoir pris dans ses bras, elle s'écrasa contre moi et cacha son visage dans mon cou.

— Je t'aime, Johnny, je t'aime.

J'entendais le rire de Slim, au loin.

— Je t'aime, dis-je. On va être heureux ensemble.
Je l'embrassai.

— Tu ne l'as jamais aimé, dis-moi?

Ah, il se foutait de moi! Eh bien il allait voir.

— Non, répondit-elle. Il y a très longtemps que je t'aime.

Il riait toujours.

Elle mentait. Elle n'avait aimé aucun de nous deux. Elle n'avait jamais aimé personne d'autre qu'elle-même. Je l'embrassai encore une fois et je mis mon chapeau.

— Je t'appellerai demain, dit-elle; pour l'appartement.

En descendant l'escalier, j'en aurais pleuré. C'est dur d'avoir à se contenter d'une mauvaise imitation d'une chose qu'on a désirée si longtemps.

Mais j'étais décidé à obtenir tout ce qu'elle avait à donner. Je paierais pour, mais je l'aurais.

I I

J'avais besoin d'argent pour ne laisser Anna manquer de rien. Et je m'échinais au bureau pour gagner plus.

Je n'avais qu'un vernis d'éducation secondaire, et à fréquenter les milieux de boxe j'avais presque tout oublié, mais au bout d'un certain temps, dans les bureaux, ça commença à me revenir. Je n'aurais jamais cru que je ferais un bon rond-de-cuir, mais c'est ce qui arriva.

Une fois passé la frénésie des premiers jours avec Anna et son installation dans le nouvel appartement, je me mis sérieusement au travail. Ce fut de la folie, ces premiers jours. Chacun de nous s'habituait à l'idée que nous n'avions plus à craindre d'être découverts. Et, dès que nous eûmes compris que nous pouvions être ensemble aussi souvent que cela nous plaisait, nous ne nous séparâmes plus guère. Mais avec le temps, ça se tassa et je me mis à la recherche d'une occasion de gagner sérieusement de l'argent.

Le travail courant du bureau était facile. Je le liquidais en deux ou trois heures. Au début, je m'arrangeai pour l'étirer sur toute la journée afin d'avoir l'air occupé, mais c'est plus pénible que de travailler.

J'obtins la permission du Siège central de prendre deux ou trois heures de liberté tous les jours pour prospecter de nouveaux clients. Au début, je pensais que mon nez plat, ma façon de parler et ma patte folle me seraient un handicap dans cette partie. Je m'imaginais que les représentants devaient être tirés à quatre épingles, s'exprimer comme des professeurs d'université et avoir un bagout de camelot, mais, dans mon cas, ça ne se présenta pas de cette façon. Il est peut-être plus facile de placer des voitures blindées qu'autre chose, mais je m'en tirai fort bien, avec mon nez plat et le reste.

La plupart des gens auxquels je me présentais connaissaient par les journaux mon histoire d'attentat et m'accordaient volontiers un entretien, ne fût-ce que pour voir de près le zigoto qui s'était fait hacher la viande en abattant deux bandits. Et il paraît que le plus dur, c'est toujours d'obtenir un rendez-vous avec le type à qui on veut vendre sa salade, ce qui fait que, là, j'étais bien placé.

Au bout de quelque temps, je finis par être capable de parler chiffres avec les gens que je voyais et j'avais mis au point un petit boniment qui marchait au poil. Je décrochai deux ou trois gros contrats et une flopée de petits.

Wylie m'écrivit des lettres, en me disant que j'étais un type formidable et je ne tardai pas à demander une augmentation. J'obtins dix dollars de plus sans que le siège central rouspète. Du temps où je travaillais sur les voitures, j'avais repéré pas mal de trucs susceptibles d'être améliorés, alors je fis des suggestions qui furent appliquées dans toutes les branches de l'organisation, chose qui contribua aussi à me faire bien voir des grosses légumes. Pour Noël, ils m'allouèrent une gratification de 100 dollars. J'en donnai 50 à Man et 50 à Anna.

J'avais parlé d'Anna à Man. Juste ce qu'il fallait, bien sûr, pour qu'elle sache où allait une partie de mon argent, mais pas assez pour lui donner l'idée que je vivais avec cette fille. Man avait connu Anna toute gosse, quand elle jouait dans le quartier, et elle avait lu dans les journaux que la femme de Slim était cette même Anna Krebak qu'elle avait connue.

J'avais réfléchi à tout ça, cherchant la meilleure manière de lui faire comprendre les choses, et un jour j'allai la trouver et je lui dis de but en blanc que j'avais l'intention de donner un peu de pognon à Anna pour l'aider à se débrouiller. Je me disais que comme elle l'apprendrait de toute façon, autant lui donner ma version à moi avant qu'elle en entende une autre.

— Elle est au bout de son rouleau, je dis à Man. Elle a été si chic avec moi avant son mariage avec ce bandit que j'estime que je dois faire quelque chose pour elle. Son mari la maltraitait et maintenant elle est sans un sou. Je veux l'aider.

Elle trouva que c'était chic de ma part d'aider la femme du type qui avait essayé de me tuer. Ça c'était du Man tout craché.

— C'est vraiment gentil, dit-elle; cette pauvre fille a probablement besoin d'aide, et nous on a tout ce qu'il nous faut, alors on peut l'aider. Je trouve ça très bien.

Je me sentais assez moche de raconter de pareilles blagues à Man sur Anna, mais ça me tenait tellement fort que, même si Man avait tiqué, j'aurais continué de toute façon. Je crois bien que je me serais même servi de l'argent que je donnais à Man pour le dépenser avec Anna, s'il l'avait fallu. Ça me tenait à ce point-là.

Chaque fois que je passais la nuit dans le nouvel appartement, je disais à Man que l'Agence m'envoyait à Philadelphie ou à Wimington ou dans un patelin de ce genre. Du moment qu'il s'agissait de mon travail, il lui était indifférent que j'aille là ou ailleurs. Elle était aux anges que j'aie un emploi de bureau régulier et que je n'aie plus à monter dans les fourgons. Son rêve avait toujours été que je trouve une place où je n'aurais pas à porter de revolver. Maintenant elle pouvait me monter en épingle auprès des voisins en leur racontant que l'Agence ferait sûrement faillite si je n'étais pas là pour la faire marcher.

Slade, c'était autre chose. Il savait de quoi il retournait au sujet d'Anna. Et il savait que c'était autre chose que de la simple grandeur d'âme qui me faisait casquer pour ses souliers et ses bas. Mais Slade ne l'ouvrirait jamais. Depuis l'attentat, il avait été très bien. Il bossait dur et faisait son chemin, au garage. Je commençais à croire que les choses allaient on ne peut mieux pour nous tous.

De temps en temps, je me tracassais au sujet d'Anna. Elle me traitait mieux que jamais, mais je ne pouvais pas m'ôter de la tête que je la payais pour ça. Parfois, c'était comme d'aller avec une putain. Elle voulait toujours que je sois auprès d'elle et quand j'étais fatigué et que je n'avais envie de rien d'autre que de m'asseoir et bavarder, elle s'ingéniait à m'exciter. Je n'aimais pas ça, mais je marchais toujours. Elle ne semblait pas pouvoir se rassasier de moi.

Elle était toujours en train de me dire : « Je t'aime ». Quand nous étions réunis elle n'arrêtait pas de le répéter. Ç'aurait été parfait si je n'avais pas eu constamment dans l'idée qu'elle essayait de me persuader de quelque chose qui n'était pas vrai. Comme un gosse qui ressasse toujours le même mensonge en espérant que s'il se répète assez souvent ça deviendra vrai. Je savais qu'Anna ne m'aimait pas et le ton de sa voix quand elle disait « je t'aime » tout le temps me devenait presque aussi intolérable que la façon dont elle s'était fichue de moi autrefois quand je lui avais demandé de m'aimer.

Mais elle était merveilleuse. Je ne me fatiguais pas

d'elle, n'allez pas croire ça. Pas du tout. Je n'aurais jamais pu. C'est seulement qu'elle n'était pas franche avec moi. Je savais qu'elle avait peur d'être franche avec moi parce que alors elle risquait de perdre son appartement, ses vêtements et l'argent que j'allongeais tous les samedis. Elle assurait sa sécurité, s'imaginant que je la croyais quand elle me mentait avec son amour pour moi.

Et puis il y avait la jalousie qui s'en mêlait. Quand Anna était à Slim je n'avais jamais été jaloux de lui. J'avais le sentiment d'obtenir plus qu'il n'obtiendrait jamais d'elle. Mais maintenant que c'était moi qui payais, je me demandais ce qui se passerait si un autre s'amenait pendant que je ne serais pas là comme je l'avais fait avec Slim. Un autre homme, plus grand que moi, qui ne boiterait pas et qui n'aurait pas le nez aplati. Un homme qui l'aimerait.

Elle avait trompé Slim et elle me tromperait moi, je le savais. Eh bien, j'attendrais ce jour-là et je verrais alors ce que j'aurais à faire. Mais ça serait terrible quand ce jour-là viendrait.

Elle ne voulait pas se marier. Je le lui proposai mais elle trouva des prétextes.

— On est heureux comme ça, dit-elle. Pourquoi se marier ? Ça ferait bavarder les gens et il se peut que les flics nous aient toujours à l'œil. On va attendre un peu et voir comment on se sent.

Ça me convenait très bien. Slim l'avait épousée et ça ne m'avait rien rapporté de bon. Qu'elle soit ma femme ou pas, le jour viendrait où elle me tromperait et si nous n'étions pas mariés, le coup serait peut-être moins dur pour moi.

Je ne fis allusion au mariage que cette fois-là et elle ne m'en reparla jamais plus après.

Au début de mars, Wylie débarqua de New York un mercredi après-midi. Une fois la dernière voiture rentrée, nous allâmes chez lui à l'hôtel Lord Baltimore pour discuter. Il commanda de l'eau de Seltz et je pris un whisky avec lui.

— Thompson, dit-il, vous faites du bon travail ici. Je suis bougrement content de vous.

Ça, je le savais.

— Merci, dis-je. J'ai eu de la veine. Et tout le monde au bureau a travaillé dur aussi.

Tout à fait le genre boy-scout, vous voyez ça d'ici. J'avais appris qu'en faisant profiter les autres de la moitié des éloges qu'on vous décerne, votre crédit s'en trouve encore renforcé. Je n'étais pas long à piger ces trucs-là.

— Il y a quelques types qui méritent une augmentation, dis-je à Wylie. Ils ont fait leur boulot consciencieusement.

Un an auparavant, si quelqu'un m'avait dit que j'en viendrais à déconner à ce point-là, je lui aurais dit qu'il était cinglé. Mais j'avais en vue un poste plus important qui me permettrait de dépenser plus pour Anna. C'était la seule raison qui me faisait désirer de l'argent. Elle n'était folle que d'une seule chose : l'argent, et comme de son côté elle était tout ce que je tirais de la vie, je faisait tout pour avoir ce pognon supplémentaire.

Je ne m'exprimais que par des phrases dans le genre « bosser comme un nègre », « pousser à la roue », « vingt fois sur le métier remettez votre ouvrage ». Des bobards de cet acabit. Les types comme Wylie se gargarisent de ce genre de phrases et du moment qu'ils en voulaient, moi j'étais là pour leur en donner. Ça ne me coûtait pas un rond, pas vrai ?

Wylie faisait tinter la glace dans son verre. À la manière dont il se rengorgeait, je sentais qu'on l'avait envoyé ici pour m'annoncer une bonne nouvelle. Je devinais qu'il était là pour m'annoncer que j'obtenais le poste de chef de district. Ça faisait un moment que j'attendais ce poste et je savais que le gars qui l'occupait était une ganache. Je me demandais ce que j'allais dire pour paraître surpris quand il me dirait que j'avais été désigné pour ce putain de poste.

— Eh oui, monsieur, dis-je. J'ai une équipe à la hauteur dans ce bureau.

Wylie se leva, comme quelqu'un qui s'apprête à faire un discours à la fin d'un dîner. J'étais sur le bord du lit et je le regardais.

— Thompson, dit Wylie, j'ai un message agréable pour vous de la part du siège central. Nous avons gardé l'œil sur vous depuis votre courageuse attitude lors de l'attentat. Vous avez mené cette succursale avec un brio remarquable et maintenant – il fit une pause et, se haussant sur la pointe des pieds : Nous vous nommons Chef de District !

Il s'interrompit et me regarda par-dessus le bord du verre qu'il tenait à la main. Je jouai le rôle comme il attendait que je le joue :

— Oh, ça alors, m'sieur Wylie ! Vraiment c'est chouette. Vraiment, c'est merveilleux. Je vais tâcher que ça barde, monsieur Wylie !

Il y a des types à qui ça fait un effet bœuf de recevoir des remerciements. Wylie était de ceux-là. Il se rengorgea un peu plus et arbora une expression genre : Vous voyez comment je suis, mon garçon ?

Je me demandai combien pouvait se faire Wylie et si son boulot ne serait pas trop dur pour moi. Et je pariai avec moi-même que je pourrais lui chauffer son poste si je m'en donnais vraiment la peine.

— Vous le méritez, Thompson, reprit Wylie. Vous l'avez bien gagné.

Je fis le singe encore un moment, remerciant Wylie. Cette sacrée place comportait un salaire de 85 dollars par semaine, ce qui allait drôlement me faciliter les choses maintenant que j'avais deux ménages à entretenir. Après l'avoir suffisamment remercié et avoir bu un autre whisky, je le quittai et je sortis ma Chevrolet du garage.

Tout en conduisant je me mis à réfléchir. Je me disais : C'est Slim qui m'a donné le bon départ. Ma chance a commencé à s'épanouir le jour où j'étais étendu sur le mâchefer de l'usine Bliss et où j'ai bousillé Slim et Mickey.

Cela me fit rire.

— C'est marrant pensais-je. Dans les romans c'est toujours le gars qui trahit l'autre qui finit par être le tétard. Cette blague ! Regardez-moi. S'il n'y avait pas eu Slim et Anna je serais encore en train de ballotter dans un fourgon avec trente sous en poche. Et si je n'avais pas doublé Slim et que l'attentat ait marché comme prévu, à l'heure qu'il est je mangerais des pissenlits par la racine.

Ça me ragaillardit de repenser à tout ça. Les deux

whiskies et la nouvelle de Wylie me mettaient de bonne humeur et je pouvais me permettre de rire de Slim et Mickey.

Je les avais bien possédés, surtout Slim. Il avait été régulier avec moi. S'il n'avait pas découvert ce qu'il y avait entre Anna et moi il aurait continué à être régulier avec moi, je suppose. Mais il m'aurait été moins utile qu'il ne l'avait été en me faisant cette entourloupette. Il avait cru se débarrasser de moi et au lieu de ça il m'avait mis en position d'obtenir tout ce que j'avais jamais désiré.

Parlez d'une rigolade. Slim me rendant service après avoir cherché à me tuer. Si par hasard, il y a encore quelque chose après le casse-pipe, le grand Rital a dû commencer une drôle de corrida en découvrant que j'avais eu le pot de me tirer à peu près indemne et de dégotter un bon filon. Ça a dû le foutre vachement en boule. Primo, il m'avait fait obtenir la place de gérant local et des augmentations successives. Deuxièmement, Anna tout le temps avec moi et assez d'argent pour m'habiller correctement et me payer une petite bagnole et maintenant le poste de chef de district. Slim avait dû salement fumer s'ils reçoivent des journaux en enfer.

— Eh, grande couenne, je lui dis, où qu'il soit, t'as bien fait les choses pour le type que tu vomissais le plus.

J'en riais encore tout seul en arrivant chez Anna. Je lui racontai ce que m'avait dit Wylie, à propos de l'avancement.

— Combien tu gagneras ? me demanda-t-elle.

Je le lui dis. Elle en frétilla d'aise.

— Tu fais ton chemin, Johnny, dit-elle; tu vas devenir un gros bonnet, un de ces jours.

Tant que j'irais de l'avant comme ça, je savais que je garderais Anna. Si je me cassais la gueule, fini. Ce nom de Dieu de poste était la garantie que je l'avais encore à moi pour quelque temps.

Je lui annonçai que mon nouvel emploi m'obligerait à voyager pendant de longues périodes. Le chef de district de notre région était responsable de dix villes et il était constamment sur les routes.

Elle essaya de faire semblant d'être triste à cette idée. Peut-être était-ce vrai? Cette jalousie toute nouvelle qui avait surgi en moi déformait à mes yeux un tas de choses qui, j'imagine, étaient en réalité normales. Je l'écoutais me raconter qu'elle était triste que j'aie à quitter la ville et durant tout ce temps je ne pouvais m'empêcher de la voir en train de passer son kimono aux perroquets rouges en l'honneur d'un type qui s'amènerait dès que j'aurais le dos tourné.

— Écoute, Anna, dis-je, j'ai toujours été régulier avec toi, pas vrai? Je t'ai donné tout ce que tu voulais?

Elle m'enlaça.

— Tu as été merveilleux, dit-elle. Je t'aime, Johnny.

Je l'embrassai, souhaitant qu'elle m'épargne ses déclarations toutes faites.

— Eh bien, dis-je, je te demande de te conduire avec moi comme je me conduis avec toi. Et quand je ne serai pas là, pareil.

— Tu sais très bien que tu n'as pas à t'inquiéter pour ça, Johnny.

— Je sais, dis-je, tu ne pourrais pas me tromper, je sais.

Il y avait eu un temps où j'aurais pu me persuader de n'importe quoi au sujet d'Anna, mais ce temps-là était passé. Peut-être que j'étais plus affranchi. Maintenant j'avais beau me dire qu'elle ne me ferait pas de vacherie, ça ne m'avançait pas. Elle m'en ferait, le moment venu.

Cette nuit-là, couché près d'Anna, je dressai la tête et je dis tout haut dans le noir :

— Tu vois ce que tu m'as donné, tête de lard ?

Je parlais à Slim, je discutais avec lui. Essayant de couvrir son ricanement que j'entendais au loin. Ça m'arrivait, depuis quelque temps. Chaque fois que j'avais un coup de veine, je prenais Slim à témoin de ce qui m'arrivait, je cherchais à le foutre en rogne, où qu'il soit. Mais tout ce que j'entendais, c'était ce ricanement. Enfin bon Dieu, qu'est-ce qu'il trouvait de si drôle ? Il était liquidé et moi j'allais de l'avant. Rien ne m'arrêterait. Il n'avait pas à ricaner. C'était le filon, ce boulot de chef de district. Tout ce que j'avais à faire, c'était inspecter les diverses succursales, contrôler leurs rapports, examiner les employés et envoyer mon propre rapport au siège central. Du reste, ma veine me suivit dans ce poste.

Une quinzaine après l'avoir décroché, je me rendis à New York. Un tas de gros bonnets me serrèrent la main en disant : « Eh bien, eh bien, alors c'est vous Thompson, l'homme qui s'est expliqué avec deux tueurs ». Je répondis que c'était rien et ils m'emmenèrent dîner puis dans une boîte de nuit où il y avait un numéro de danse avec des filles à poil jusqu'au nombril.

Par la suite je mis fin aux exploits d'un gang qui mettait à sac une des succursales. Ils fauchaient tout sauf les robinets. Timbres, petite monnaie, notes de frais soufflées, matériel qu'ils allaient mettre au clou. Ils étaient drôlement dessalés, ces gars-là. Wylie était venu les inspecter sans trouver la moindre chose, mais je tombai sur un indice qui me fit découvrir le pot-aux-roses et toute la bande se fit foutre à la porte avec pertes et fracas, et deux d'entre eux allèrent en cabane pour vol et détournement de fonds. Cela fit un gros effet à New York. Le Siège me chargea de la réorganisation de la succursale que je venais de nettoyer et je pris l'affaire en main jusqu'à ce qu'elle remarche correctement.

Après avoir balayé cette bande de fripouilles et tout remis sur pied, je fus de nouveau convoqué à New York. Cette fois-là ils me tapotèrent tous le dos sauf Wylie, qui avait dû se faire sonner pour ne pas avoir détecté le gang avant moi. Wylie me parlait d'un ton plus tranchant que jamais, mais je m'en foutais. J'allais dégommer ce moucheron et prendre sa place bientôt. Les commissaires régionaux se faisaient 125 dollars par semaine, et c'était ce que je guignais.

— Tu vas voir, mon petit, dis-je à Anna en revenant de New York, tu vas voir comment je vais l'enlever cette place de commissaire régional. C'est Wylie qui se trouve sur mon chemin; je vais lui sauter sur le poil et lui soulever sa paye.

« Les Cours par correspondance ont changé mon avenir », blagua Anna. Foutaises !

Mais je m'étais promis de dégommer Wylie et j'y parvins. Le 1er juillet j'eus sous mes ordres quarante-cinq succursales et trois directeurs de district. C'est dire à quelle vitesse j'avais grimpé.

Ça m'avait coûté des heures supplémentaires chaque soir et un tas de déplacements dans le district, mais quand la section dont je m'occupais fut en tête des autres au point de vue rendement et chiffre d'affaires, le siège central m'installa au poste de Wylie et le recolla sur un foutu rond-de-cuir.

— Ça te la coupe, hein, Slim? je demandais aux murs une fois seul dans ma chambre d'hôtel à New York. Qu'est-ce que tu dis de ça, gros malin?

Il ricanait comme toujours. J'espérais un jour pouvoir lui sortir quelque chose dont il ne pourrait pas rigoler.

J'en avais assez fait. On était le 1er juillet et il y avait moins d'un an, j'étais encore en train de rebondir contre les parois d'un fourgon. J'étais tout content de pouvoir faire le soigneur pour un petit Juif au Gayety, et d'empocher 15 dollars en cas de victoire. Huit mois auparavant, j'étais garde. Ensuite il y avait eu l'affaire Bliss ce samedi après-midi, et depuis je n'avais pas cessé de monter.

Qu'il rigole donc. De toute façon, ça ne voulait rien dire. J'étais une grosse légume, et je vous prie de croire que je ne me prenais pas pour une m... de chien.

J'échangeai la Chevrolet contre une Auburn. J'avais toujours eu envie d'une Auburn depuis le soir où j'avais vu Slim me passer devant le nez avec Anna assise près de lui, pendant que j'étais sur le trottoir devant le Gayety, le soir où j'avais fait le soigneur pour le petit Schwartz. Maintenant j'en avais une, plus grosse que celle de Slim.

Un après-midi, j'étais assis dans mon ancien bureau en attendant que rentre le dernier conducteur pour pouvoir discuter avec lui d'un nouveau système que nous mettions au point. Le gérant local était sorti et il ne restait avec moi qu'une sténo. Je lisais des rapports en tâchant d'y découvrir des erreurs.

Un petit jeune homme noiraud, flottant dans un costume bleu trop large, entra par la porte principale. Je levai les yeux en l'entendant dire à la secrétaire qu'il voulait parler à M. Thompson. Je me souvenais de l'avoir déjà vu, mais sans pouvoir le situer. Il avait l'air dessalé d'une petite fripouille.

— Je vais lui parler, dis-je à la dactylo quand elle vint me trouver.

Le gosse traîna ses vernis éculés jusqu'à mon bureau et fit :

— Salut, Johnny.

J'étais commissaire de région et ce morveux m'appelait Johnny. Je n'aimais pas ça mais je ne dis rien. Je me carrai dans mon fauteuil, un crayon entre mes doigts.

— Qu'est-ce que je peux faire pour vous ? lui demandai-je. Maintenant je me le rappelais vaguement ; il faisait partie de la bande de traîne-savates qu'on rencontrait toujours autrefois dans les milieux de boxe. Je ne savais pas son nom.

— Je veux du travail, il me dit.

Il ne me demandait pas du travail. Il m'ordonnait de lui trouver du travail.

— Désolé, dis-je. Il n'y a rien de libre pour le moment. Si vous voulez me laisser votre nom et votre adresse, je vous préviendrai s'il se présente quelque chose.

— Vous allez me donner du travail, dit-il.

Il avait une bouille de rat et des cheveux longs et huileux qui lui pendaient dans le cou en longues mèches.

— Il n'y a pas de travail, répétai-je.

— Il y en a pour moi, lâcha-t-il.

Il parlait à voix forte, si bien que miss Hooke, la secrétaire qui était restée à travailler, regarda du côté de mon bureau. Je posai le crayon et me redressai sur mon fauteuil.

— Qu'est-ce qui vous fait croire ça ? lui demandai-je.

— Vous allez me trouver du boulot, sans ça gare !

Je me levai ; la fille avait peur.

— On ne peut pas parler ici, dis-je. Passons dans l'autre pièce. Personne ne nous dérangera.

Il me suivit. J'ai idée qu'il devait se dire qu'il me tenait. On se servait de cette pièce comme débarras et elle était pleine de vieux classeurs, de sacs postaux et de cartons à enveloppes vides. Elle était éclairée par une ampoule nue qui pendait du plafond.

Je me retournai et je fermai la porte du couloir qui menait aux bureaux.

— Vas-y, lui dis-je. Accouche.

Il se planta devant moi, mains aux hanches et se pencha vers moi.

— Écoute, dit-il, je veux du travail ou du pognon, ou n'importe quoi. Ou t'es réglo avec moi ou bien... !

— Ou bien quoi ? Où veux-tu en venir ?

— Ou bien ton frangin va partir en voyage pour un bout de temps… dit-il.

Je m'apprêtais à lui filer une châtaigne, à ce blanc-bec, mais je ne pouvais pas me le permettre. Fallait d'abord que je sache ce qu'il avait en tête. S'il était au courant de l'attentat, il faudrait que je m'occupe sérieusement de lui. Je ne pouvais pas tout bonnement le dérouiller et le foutre dehors. J'étais parvenu trop loin maintenant pour qu'un blanc-bec en costume bleu flottant vienne tout foutre par terre. Si je devais employer les grands moyens, je me sentais capable de le faire.

— Déballe ton sac, lui dis-je.

Il était nerveux. Il n'aimait pas se trouver seul avec moi. Je le dominais de toute ma taille et son regard inquiet allait d'un bout de la pièce à l'autre.

— Je ne cherche pas d'histoires, pleurnicha-t-il, je veux simplement un coup de main, c'est tout.

— Tu vas l'avoir. Qu'est-ce que tu sais sur mon frère ?

Il resta muet. Je me reculai un peu et l'empoignai par les revers de son veston de clown.

— Vas-y, je dis, déballe ton sac et en vitesse.

Il se tortilla pendant un moment avant de parler.

— Ton frangin s'est mouillé dans une attaque à main armée, avoua-t-il. J'ai tous les détails. Si je voulais, je pourrais aller rencarder les flics. Ouais. Ça la foutrait mal, hein… pour un gros bonnet comme toi d'avoir un frère qui dévalise les épiceries.

— C'était quand ça ?

— En septembre dernier, répondit-il. Je suis au

courant de tout. Je savais ce que je voulais savoir. La petite crapule n'était au courant de rien.

Je le frappai à la mâchoire, puis le tirant à moi, je lui en filai un coup sur la nuque. Il tomba et roula sur le parquet du débarras. Le sang lui coulait de la bouche.

— Tu me le paieras ! hurla-t-il, j'aurai ta peau !

Je le relevai et lui en décochai un autre qui l'expédia dans une pile de vieux classeurs. C'était du massacre, mais je me sentais tout ragaillardi de sonner ce morveux qui croyait pouvoir me faire chanter. Il essaya d'atteindre la porte qui menait aux bureaux. D'un coup bas je l'envoyai à terre encore une fois, hoquetant, à moitié étouffé.

— Petit salaud ! Je vais te faire passer le goût du pain.

Il ne me répondit pas. Il leva son regard sur moi ; ses cheveux noirs lui tombaient sur les yeux et de sa bouche coulait un filet de sang écarlate qui dégoulinait sur son menton crasseux.

Je me souvenais de lui, maintenant. C'était le même qu'ils appelaient Woppy. Il passait pour un drogué et un petit dur.

Je le remis sur ses pieds d'une secousse et je lui dis, nez à nez :

— Écoute, morveux ! Si jamais tu as le malheur de l'ouvrir sur mon frère Slade, comme quoi il faisait partie de votre bande de sagouins mal torchés avant qu'il commence à travailler avec des gens propres, je te retrouverai, même si je dois aller jusqu'aux antipodes te chercher et t'auras droit à quelque chose dont t'auras pas l'occasion de te souvenir.

Je le secouais comme un prunier. Il puait. Je

l'agrippai au collet et je le poussai à travers les bureaux jusqu'à la porte de la rue. La sténo était sur le point de s'évanouir. Il y avait beaucoup de monde dans la rue, mais je m'en foutais... J'ouvris la porte et je balançai mon Woppy sur le trottoir. D'un bond il se remit sur ses pieds et se cavala. Le flic qui dirigeait la circulation au carrefour le vit venir et le cravata. Il le traîna jusqu'à la porte du bureau.

— Qu'est-ce qu'il a encore fait, ce petit salaud ? il me demanda. Il secoua Woppy par le revers de sa veste jusqu'à ce que ses mâchoires s'entrechoquent.

— Laissez-le aller, dis-je. Il a voulu jouer au dur avec moi parce que je lui disais qu'il n'y avait pas de travail pour lui. C'est qu'un petit vaurien qui se prend pour une terreur.

Le flic gifla Woppy avant de le lâcher. La foule s'était attroupée, alors je rentrai dans les bureaux pendant que le flic la dispersait.

— Je regrette de vous avoir fait peur, dis-je à la petite. Elle secoua la tête et parut plus terrorisée que jamais.

Je n'avais pas peur que Woppy se mette à table. C'était qu'un petit salaud qui se figurait que de ne pas se laver, de porter des cheveux longs et huileux et de se bourrer de coco suffisait pour être un dur.

Ce soir-là je pris Slade dans un coin et je lui dis ce qui était arrivé.

— Tu n'as plus frayé avec ces gars-là, au moins ?

Il me répondit que non.

— Ce Wowowowoppy c'est un tttype à qui il vvvaut mieux pas se frotttter. J'aurais préféré que tu llll'aie pppas dérouillé cocococomme ça.

189

— Dans toute cette équipe y en a pas un qui soit un vrai dur. Le moindre mécano du garage où tu travailles en a plus dans le ventre que n'importe lequel de cette bande, si c'est ce que tu cherches. Les vrais durs ne vont pas crier sur les toits qu'ils sont des terreurs.

— Jjjje les reverrai ppplus, dit Slade, je mmmme débbbrouille très bbbien.

— Tu te débrouilleras encore mieux si tu laisses choir cette équipe de fripouillards. Au moment de le quitter, je me retournai pour lui dire :

— Je dois partir en voyage ce soir. Il faut que je m'en aille tout de suite et je voudrais que tu fasses une commission pour moi.

— Bibibien sûr, dit-il, kekekequ'est-ce que c'est ?

Je lui remis une enveloppe avec du fric pour Anna. J'avais cru pouvoir passer chez elle l'après-midi, mais cette histoire était arrivée et j'avais reçu un coup de téléphone du siège central me demandant de faire un saut à Philadelphie tout de suite pour régler quelque chose. Je donnai l'adresse d'Anna à Slade. De toute façon, il était au courant de notre histoire, et ça valait mieux que de lui envoyer l'argent par la poste.

— Dis-lui que je la verrai un jour de la semaine prochaine. Dis-lui que ça devrait lui suffire jusque-là.

Ce n'était pas une idée très brillante d'envoyer mon jeune frère chez la femme que j'entretenais, mais à ce moment-là, je n'y vis aucun mal. Par la suite, pendant le voyage, j'y repensai et je regrettai de l'avoir fait, mais c'était trop tard, alors je pensai à autre chose. Slade était assez grand pour en avoir vu d'autres et si ça ne lui plaisait pas, eh bien, tant pis.

Les choses continuèrent à marcher, Anna et moi

avions fini par adopter une espèce de routine ; je passais deux ou trois nuits avec elle, toutes les semaines quand j'étais en ville. Je dînais chez elle et le matin prenais mon petit déjeuner dehors. Elle était plus jolie et plus excitante que jamais. Quand j'étais loin d'elle, même encore maintenant, il m'arrivait d'éprouver des bouffées de désir telles que c'en était intenable. Je n'avais pas changé vis-à-vis d'elle, j'étais toujours le même et elle était aussi gentille avec moi qu'avant. Je payais pour ça, mais j'avais l'impression de faire une bonne affaire.

Elle avait l'air heureuse. Elle n'avait pas d'amis et elle me disait n'en désirer aucun. Quand je partais, elle lisait chez elle, ou elle allait au ciné ou s'achetait des choses. Elle pouvait dormir la moitié de la journée, passer l'après-midi au ciné et se coucher à neuf heures.

Elle adorait dormir.

— Je pourrais dormir vingt heures par jour, me disait-elle. Il n'y a qu'une seule chose que j'aime mieux que dormir...

— C'est heureux pour moi, dis-je.

Elle buvait ferme, mais la boisson ne paraissait pas affecter ses traits comme chez les autres femmes. Et quand elle avait un verre dans le nez, elle était toujours contente et tendre, pas stupide et hargneuse, aussi je la laissais boire tant qu'elle voulait. Je n'eus jamais prise sur elle. Même sa manie de l'alcool n'empêchait pas Anna de penser d'abord à elle-même. Elle aimait boire parce que ça la mettait de bon poil et qu'elle se sentait bien.

— Dès que ça commencera à devenir un besoin, j'arrêterai, disait-elle. Elle l'aurait fait. Elle s'arrêtait de fumer pendant des semaines, simplement pour se prouver que l'habitude ne la tenait pas. Elle voulait commander, même à ses propres appétits.

Elle aimait à lire. L'appartement était toujours garni de livres. Des bons livres, du reste. Elle s'était abonnée à un de ces clubs qui envoient les meilleurs livres à leurs membres et elle était toujours fourrée à la bibliothèque roulante près de la maison.

Elle aimait les romans d'aventures, de cow-boys et les biographies. Pas de romans policiers pour Anna.

— J'en ai eu assez de ça, disait-elle. Je veux l'oublier.

Ça, c'était Slim. Il n'inquiétait plus aucun de nous deux maintenant. Pendant un moment, ç'avait été difficile de s'habituer à être ensemble sans tendre l'oreille, mais avec le temps ça s'était tassé pour finir par disparaître totalement. Jamais elle n'allait sur la tombe de Slim. Elle m'avoua un jour qu'elle n'avait même pas assisté à l'enterrement.

— Ses parents ne m'ont jamais aimée, expliqua-t-elle. J'ai eu peur que si j'allais à l'enterrement, un de ces tordus de Ritals ne s'en prenne à moi. Je me suis bien gardée de me montrer.

On arrive à faire ce qu'on veut avec sa mémoire, si on s'y emploie suffisamment. J'en vins à oublier complètement avoir jamais été de mèche dans cet attentat qui avait si mal tourné. À force de m'entendre traiter de héros, je finis par y croire. J'avais protégé l'argent de la paye et descendu deux bandits. C'est la seule chose que je me rappelais.

Le rire de Slim s'évanouit peu à peu. J'oubliai ça aussi.

CHAPITRE IX

Je descendis du train en provenance de Richmond à 7 heures du matin. On était en septembre et ma jambe me faisait mal, aussi pouvais-je prédire de la pluie à un moment donné de la journée. Le ciel était d'un gris de fumée et le soleil n'était qu'un pâle disque jaune à l'est.

J'entrai au restaurant Savarin et je pris du café et une brioche. Je me sentais à cran après une nuit passée dans le train. Je m'étais lavé avant mon petit déjeuner, mais ça ne m'avait pas retapé et l'odeur du désodorisant dans les W.-C. m'avait coupé mon envie d'œufs au jambon.

Je rentrai plus tôt que je ne l'avais escompté. Le boulot de Richmond était moins coton qu'il ne l'avait semblé, et j'avais pu tout mettre au point la veille au soir. J'avais projeté de rester un peu mais mon désir de revoir Anna m'avait repris et je m'étais payé une couchette pour rentrer.

Je finis mon café et j'allais en boitillant jusqu'à la station de taxis. Un crieur de journaux me tendit un sun et je lui tendis 5 cents en lui disant de garder la monnaie. Je pris un taxi jaune et je me laissai aller sur les coussins de la voiture en fermant les yeux, en essayant de me débarrasser de mon mal de crâne. Dormir dans les trains m'a toujours démoli.

J'avais liquidé cette affaire de Richmond en deux temps trois mouvements et pourtant trois autres types avant moi s'étaient cassé la tête dessus. Encore un bon point pour moi. Le poste de commissaire régional allait bientôt être trop petit pour moi. J'en guignais un au siège central et j'étais décidé à le décrocher avant le nouvel an.

J'en avais fait du chemin en deux ans. Le taxi cahotait dans Charles Street et ma tête rebondissait sur les coussins, aggravant encore ma migraine. Je me redressai et retirai mon chapeau.

Johnny Thompson, qui n'avait jamais été capable de faire que des remplissages, était maintenant un caïd. Johnny, Nez Plat, qui s'était expliqué à coups de pétard avec deux vulgaires forbans, était parti pour réussir. Rien ne m'arrêterait plus, maintenant. Pour le siège central, j'étais le petit héros, à tous points de vue, et j'étais plus calé sur ce boulot que n'importe qui à part les grosses légumes de New York. Peut-être même en savais-je plus qu'eux.

Bientôt je ferais sauter le Johnny. Je deviendrais John Thompson. Mieux valait avoir aussi une initiale au milieu. Je choisis celle de mon véritable nom, John S. Thompson. John S. Thompson, inspecteur-chef, John S. Thompson, vice-président, John S. Thompson, président.

Bien sûr que c'était possible. Bon Dieu, tout le monde me disait que j'étais le type le plus prompt à débrouiller les complications et pour ce qui est d'enlever des contrats, j'étais imbattable. Les autres ne m'arrivaient pas à la cheville. Même sans avoir les moyens de pression qu'avaient les gros bonnets, je décrochais des contrats je ne vous dis que ça, avec mon nez plat et tout. Peut-être que quand j'arriverais tout en haut, je me ferais arranger le nez. Ça se faisait. Dempsey s'était bien fait arranger le sien. Des tas de gens se l'étaient fait remplacer et jamais on ne se serait douté qu'ils avaient eu la gueule plate.

Peut-être Anna me préférerait-elle avec un nez droit. Ça ne devait pas coûter cher. Quand je serais inspecteur-chef de toute l'affaire, je me ferais pas loin de 200 dollars par semaine. Ça faisait presque 10 000 par an, ouhhh !

Quand je me ferais ce fric-là, Anna aurait un chouette appartement dans Park Avenue ou sur Central Park. Un appartement avec des meubles comme au cinéma : chrome et laques noires. Elle aimerait ça. Quelque chose d'un peu mieux que ce taudis au second où elle m'avait attendu la première fois que je l'avais revue après l'…, après ce qui était arrivé. Elle sera drôlement gentille avec moi à ce moment-là. Elle aura sa voiture à elle et peut-être bien un Japonais ou autre chose pour tenir la maison en ordre pour qu'elle puisse dormir sans arrêt, si ça lui chante.

Et ça me permettrait aussi de trouver une maison dans un quartier plus agréable de la ville pour Man. Et Slade aurait une bagnole.

Je me sentais bien, malgré ma migraine. Je voyais l'avenir devant moi et tout était joli ; je ressentais la même impression que j'avais eue de temps en temps sur le ring, après m'être assuré l'avantage dans les huit premiers rounds d'un match en dix, lorsque j'attendais de donner le coup décisif, certain de ne pas pouvoir perdre.

Mais en faisant mon petit bonhomme de chemin, j'avais appris à toujours surveiller l'adversaire, de crainte de me faire cueillir par un swing en aile de moulin. J'avais appris cette leçon à Harrisburg. Je débutais dans le métier et je rencontrais un môme plus mauvais encore que moi, ce qui n'était pas peu dire. C'était un match en six rounds et j'avais enlevé les cinq premiers sans être même effleuré par le gant de mon adversaire. Je me voyais déjà en train de disputer le championnat du monde à Madison Square Garden. Je sentais que personne ne pourrait jamais me toucher.

Mes soigneurs me dirent d'y aller piano dans le dernier round.

— C'est du tout cuit, ils me dirent. Promène-le, tiens-le simplement à l'œil.

Je le promenais bien, mais je ne voyais pas pourquoi je devais le tenir à l'œil. Il était à bout, il saignait du nez et de la bouche et avait les deux yeux fermés. Je voulais l'achever, mais l'entraîneur m'avait dit de boxer à distance pour que la décision ne fasse pas de doute. Je dansais autour de lui en lui envoyant de temps en temps des gauches à la figure.

J'étais le petit champion, pas d'erreur ! Et je vous prenais des poses, et je vous faisais de l'épate. Le public me faisait des ovations, je buvais ça comme du petit-lait.

Quelque chose explosa contre mon menton et m'envoya valser dans les cordes ; je rebondis, je fis un pas en avant et je tombai sur le nez. Je tentai de me relever, mais mes jambes ne m'obéissaient plus.

J'avais oublié de prendre garde à ce dernier swing désespéré et voilà que j'oubliais d'y prendre garde maintenant.

Le taxi stoppa devant chez Anna. Je payai le chauffeur et montai les marches du perron. La circulation matinale commençait à s'épaissir et la rue était pleine de voitures qui descendaient toutes dans le centre. Une grosse Cadillac avec un chauffeur en livrée grise passa en trombe, faisant chanter ses pneus sur le pavé.

Je dis tout haut : « Je pourrais m'acheter une Cadillac si je voulais ». Je pris l'ascenseur. Le liftier nègre fit : « Bonjour m'sieu Thompson ». Je lui rendis son salut et je lui donnai vingt cents. Je suivis le couloir jusqu'à l'appartement A-33 et je mis ma clef dans la serrure. La porte s'ouvrit et j'avançai sur le tapis épais du hall.

Je posai ma valise et lançai mon chapeau sur la table d'acajou. Je regardai l'applique lumineuse où une fille verte s'adossait à un disque de verre dépoli. Je pénétrai dans le salon.

Anna sortit de la chambre à coucher. Elle portait un gros peignoir en tissu éponge ; il était noué à la ceinture par une cordelière bleu ciel et ses pieds étaient chaussés de pantoufles blanches, capitonnées comme un dessus de lit.

J'allai vers elle et je la pris dans mes bras. Elle était nue sous son peignoir et elle sentait le lilas. Elle m'embrassa ; écartant le peignoir, je lui dégageai le cou et l'embrassai au creux de la nuque.

— Bonjour Anna, dis-je. Je suis sale et vanné. J'ai envie d'une douche.

Je la lâchai et me dirigeai en boitillant vers la chambre. Je posai ma main sur la poignée de la porte et j'allais l'ouvrir, mais je me souvins de quelque chose.

— Il y a une bouteille de Canadian Club dans ma valise, je lui dis. Débouche-la, qu'on boive un coup avant le petit déjeuner;

Je la regardai. Ses narines étaient dilatées et ses yeux écarquillés me fixaient. Ses mains, avec leurs ongles longs et rouges, pendaient inertes à ses côtés. Pendant que je la regardais, une de ses mains effaça un pli sur le peignoir, puis elle la laissa retomber.

Je restais là à la regarder, sentant un poids me descendre dans l'estomac. Slim se mit à ricaner. Je me sentais comme une loque, vidé, frissonnant. Je continuai à la regarder et je vis qu'elle était toute pâle. Que ses lèvres paraissaient rouges, sur le fond blanc de son visage anguleux. Sans aucune raison, je me souvins que le visage de Mickey était blanc quand il m'avait regardé par-dessus son épaule, alors qu'il était agenouillé sur le mâchefer de l'allée. Le visage de Slim, aussi, était blanc, quand il avait roulé par terre et avait enfoui sa figure dans le mâchefer.

Je me retournai et j'ouvris la porte.

Slade était debout près du lit. Son visage était sans vie, décomposé, couleur de vieille farine.

Tout le monde avait le visage blanc : Slim, Mickey, Anna, Slade. Moi aussi je devais être blanc, comme les autres.

Slade me regarda :

— Ssssssss, fit-il.

Je me retournai et je dis à Anna :

— Slade est un gosse. Ce n'est pas un homme, un homme costaud.

Elle ne bougea pas.

J'entrai dans la chambre et m'avançai vers Slade. Je pris mon élan et lui écrasai ma droite en pleine figure. Il tomba en arrière sur le lit défait, comme un arbre mort.

Je fis demi-tour et je sortis de la chambre en passant devant Anna. Je gagnai le hall d'entrée. Ma migraine empirait.

Le rire de Slim me martelait les tempes. Je pris ma valise et je mis mon chapeau. Dans le salon, tout était silencieux.

Le nègre fit monter l'ascenseur en réponse à mon coup de sonnette. J'ai idée qu'il savait ce que j'avais découvert. Il avait l'air de vouloir se marrer. J'aurais voulu qu'il le fasse pour pouvoir le tuer.

Dehors, il bruinait. Je fis signe à un taxi et je dis au chauffeur de me mener au bureau. Je fermai les yeux et je ne pensai plus à rien jusqu'à ce que j'entende la voiture s'arrêter contre le trottoir.

J'étudiai les rapports de Bailey et je les approuvai.

Un tas de gens entrèrent et sortirent de mon bureau, me posèrent des questions et me donnèrent des papiers à signer. À midi, j'allai manger une soupe de légumes au restaurant d'en face.

Vers deux heures, je me mis à transpirer. La sueur me dégoulinait de partout, trempant mes vêtements et transformant mon col en serpillière. J'allai aux lavabos et je me lavai à l'eau froide. Je pris une chemise propre dans ma valise et je la mis. Je revins et continuai à signer des rapports, à répondre aux gens et à téléphoner. Finalement, tard dans l'après-midi, mes mains se mirent à trembler. Je posai la plume que je tenais et je joignis posément les mains devant moi sur le bureau.

La putain, la saloperie de putain de salope. Mon petit frère. Elle l'avait rencontré quand je l'avais envoyé lui porter de l'argent. Qu'est-ce qu'elle voyait en Slade ? Un môme qui bégayait. Un môme qui travaillait dans un garage et qui gagnait moins en une semaine que moi en un jour.

J'étais quelqu'un d'important, quelqu'un qui avait tué deux types pour elle et qui l'avait tirée d'un taudis dégueulasse pour l'installer dans un grand appartement. Un homme qui faisait son chemin. Un homme qui allait devenir le plus gros bonnet de la Compagnie avant peu. Qui lui donnerait un appartement dans le plus chic quartier de New York, qui ne demandait rien d'autre que ce que pouvait lui donner une fille comme Bertha tous les soirs pour deux dollars.

Salope ! Coucher avec mon petit frère. Enrouler son long corps blanc autour de Slade sur le lit que j'avais payé, dans les draps blanchis par un Chinois qui achetait son riz avec mon fric. Vaporiser ses seins longs et pointus avec un parfum qui coûtait dix dollars l'once, dix dollars de mon argent, pour que Slade soit plus facile à exciter.

La sténo blonde fit : Bonsoir monsieur Thompson, et je lui répondis quelque chose. Elle sortit et la porte claqua derrière elle. Je restai seul. Tout seul.

Je me sentais fatigué. Ma jambe me tirait. Cette jambe qui avait été droite et forte et qui, maintenant, était toute tordue à cause d'Anna. Mon épaule qui avait été large et pleine, maintenant avait une profonde cicatrice noire; tout ça à cause d'Anna.

Je mis mes mains dans ma poche et en tirai une liasse de billets. Il y avait 164 dollars dans la liasse. Ça ne valait plus un clou maintenant. Je n'achèterais plus rien avec parce que je ne pouvais plus rien acheter pour Anna. Je lançai la liasse éparse sur le bureau devant moi.

J'ouvris le tiroir du milieu pendant que Slim ricanait et j'examinai le colt qui gisait au fond. Je me souvenais du jour où Old Mac était revenu des Filatures à l'avant avec Bailey et où j'étais resté assis tout seul dans la caisse d'acier du fourgon. J'avais regardé le revolver alors, en me demandant ce que je ferais si j'avais à m'en servir. Il avait fallu que je m'en serve, et je m'en étais bien tiré. Ou mal tiré. Si j'avais gardé le canon baissé quand Slim s'était planté au-dessus de moi, je n'aurais pas eu à voir Slade tomber à la renverse sur le lit défait, ni Anna derrière moi avec son visage blême.

Si j'étais simplement resté couché là, c'est moi qui rirais au nez de Slim maintenant.

Cela me donna une idée. Mais elle n'était pas fameuse.

Je ne pouvais pas.

Je repoussai le tiroir et regardai les billets froissés sur le bureau. Du fric. C'était tout ce qui l'avait jamais intéressée. Du fric et un homme dans son lit. N'importe quel homme, du moment que ce n'était pas celui avec qui elle devait être régulière. Peut-être préférait-elle être avec un homme avec lequel elle n'aurait pas dû être. Peut-être tirait-elle une plus grande jouissance d'être avec un homme tout en guettant les bruits de pas au dehors.

Je le savais pourtant bien que je récolterais ce que Slim avait dégusté. Je pensais être capable d'encaisser. Mais pas avec mon petit frère. J'étais pas prêt à ça.

D'abord Slim, et maintenant moi. Slim se foutait de moi maintenant. Il me possédait, il hurlait. Son ricanement résonnait dans mon crâne douloureux.

Quelle succession de trahisons pour en arriver là.

D'abord, j'avais trahi Slim en prenant Anna. Ensuite je l'avais trahi en décidant de le descendre le jour de l'attaque de Bliss.

Le revolver m'avait trahi en s'enrayant, ça m'avait rapporté une épaule esquintée et une jambe tordue.

Slim avait essayé de me doubler en mettant Slade dans le coup. Ça n'avait pas marché mais c'était une trahison.

J'avais doublé Slim en restant vivant, à moins que ça nous mette à égalité. Il avait essayé de me trahir en me tirant dessus.

Mais non, Anna m'avait trahi. Slade, la petite saloperie que j'aimais, m'avait trahi.

Nom de Dieu !

Trahison sur trahison. Elles s'empilaient les unes sur les autres. Un vrai micmac.

Il me restait encore une chance de rouler Slim. Je pouvais faire quelque chose qui m'empêcherait net de penser à Anna et d'écouter le rire de Slim.

Je rouvris le tiroir et contemplai le revolver. Le canon serait froid à mon palais.

Je refermai le tiroir.

Je ne pouvais pas.

Le téléphone sonna et je ne répondis pas. Il sonna, sonna, sonna et finalement s'arrêta. Dans la rue devant l'entrée, les autos passaient en klaxonnant, en trépidant et en martelant le sol.

Quelqu'un ouvrit la porte et s'avança jusqu'à mon bureau. Je continuais à regarder la liasse de billets. J'entendis les pas se rapprocher. Je ne voulais pas lever les yeux de peur que celui qui s'avançait, quel qu'il pût être, ne voie mon regard.

— Les bureaux sont fermés, dis-je en fixant le bureau. Je suis désolé, mais les bureaux sont fermés.

— Dis donc…, piailla une voix pointue, stridente.

Quelqu'un me donna un coup de pied dans la poitrine. Je savais ce que c'était. J'avais déjà reçu ce coup de pied avant. Je tombai sur le côté à bas de ma chaise mais je ne heurtai pas le mâchefer. Je heurtai le parquet de chêne.

Je levai les yeux et j'aperçus le môme que j'avais coincé dans le débarras l'autre jour, Woppy. Ses yeux brillaient trop et je vis qu'il était plein de came.

— Espèce de petit salaud ! dis-je. Je vais te tuer pour ça.

Il se mit à glousser d'un petit rire suraigu.

— J'avais dit que j'aurais ta peau, piailla Woppy, je te l'avais dit !

— Espèce de petit salaud…

Le sang gicla de ma bouche dans un hoquet. Je m'efforçai de garder ma tête relevée, mais elle retomba en arrière et cogna lourdement sur le parquet.

Mes yeux étaient toujours ouverts et je vis Woppy se retourner et braquer son revolver sur la porte. Puis je l'entendis pousser un cri pointu et laisser tomber son revolver. Quelque chose de noir et de massif lui sauta dessus.

Je fermai les yeux. D'épaisses volutes de ténèbres, percées de lumière jaune, bondirent sur moi en vrombissant et en tourbillonnant.

Je vis Anna avec son visage blême et ses lèvres rouges.

Des images rapides et brillantes d'Anna s'illuminaient dans l'obscurité tournoyante. Anna, avec son chapeau de feutre marron. Anna, dans son kimono avec les perroquets rouges. Penchée, enfilant des bas de soie noire sur ses longues jambes bronzées. Anna debout, avec le peignoir blanc à la ceinture bleu ciel, étreignant à pleines mains le tissu éponge pendant que j'avais la main sur la poignée de la chambre à coucher.

Je souris. Rirait bien qui rirait le dernier. C'était moi qui faisais à Slim la dernière et la meilleure entourloupette. Woppy me rendait la tâche facile, en m'aidant pour que je n'aie pas à appuyer le canon froid contre mon palais. Je fuyais Anna et le ricanement de Slim à tout jamais.

Je me mis à rire. La douleur qui s'était tenue aux aguets plongea sa griffe dans ma poitrine et se mit à m'arracher la chair. Je ne pouvais pas m'arrêter de rire, même avec ma poitrine qui me brûlait et me déchirait.

— C'est mon tour, espèce de sale métèque ! C'est à moi de rire.

11

Le docteur dit que j'allais me rétablir.

— Le plomb vous réussit, dit-il. C'est le régime idéal pour votre nature.

Je ne répondis rien.

— Bientôt, reprit le docteur, vous ne pourrez plus aller nager. Vous serez trop lourd avec toute cette ferraille, vous coulerez à pic.

Le docteur termina ce qu'il était en train de faire et l'infirmière s'approcha de mon lit.

— Jamais vu un pareil veinard, lui dit le docteur. Il est increvable, ce gars-là.

L'infirmière sourit.

— Il nous enterrera tous, dit le docteur.

J'entendais Slim rire à gorge déployée.

DU MÊME AUTEUR

Aux Éditions Gallimard

Dans la collection Série Noire
FLASH !, *n° 273*
LA VAPE, *n° 660*
LA BÊTE QUI SOMMEILLE, *n° 80*

Dans la collection Folio
NEIGES D'ANTAN, *n° 2199*

*Reproduit et achevé d'imprimer sur Roto-Page
par l'Imprimerie Floch à Mayenne
le 12 juin 1995.
Dépôt légal : juin 1995.
Numéro d'imprimeur : 37840.*

ISBN 2-07-049575-2 / Imprimé en France.

73230